O.Henry

欧·亨利

短篇小说选集

〔美〕欧·亨利 著　范晓红 肖运湘 译

台海出版社

图书在版编目（CIP）数据

欧·亨利短篇小说选集 /（美）欧·亨利著；范晓
红，肖运湘译 . -- 北京：台海出版社，2025. 2.

ISBN 978-7-5168-4095-5

Ⅰ . I712.44

中国国家版本馆 CIP 数据核字第 20258PA193 号

欧·亨利短篇小说选集

著　　者：[美]欧·亨利　　译　者：范晓红　肖运湘

责任编辑：戴　晨

出版发行：台海出版社

地　　址：北京市东城区景山东街 20 号　　　　邮政编码：100009

电　　话：010-64041652（发行，邮购）

传　　真：010-84045799（总编室）

网　　址：www.taimeng.org.cn/thcbs/default.htm

E - m a i l：thcbs@126.com

经　　销：全国各地新华书店

印　　刷：三河市龙大印装有限公司

本书如有破损、缺页、装订错误，请与本社联系调换

开　　本：880 毫米 ×1230 毫米　　　1/32

字　　数：150 千字　　　　　　　　印　张：9. 5

版　　次：2025 年 2 月第 1 版　　　印　次：2025 年 4 月第 1 次印刷

书　　号：ISBN 978-7-5168-4095-5

定　　价：58. 00 元

前　言

在文学的浩瀚星空中，有着这样一位作家，他以独特的笔触、巧妙的构思和出人意料的结局，点亮了短篇小说的璀璨世界，他就是被誉为"美国现代短篇小说之父"的欧·亨利（O. Henry）。今天，就让我们共同翻开这本书，一同走进他的内心，走进他笔下那个光怪陆离、充满惊喜的世界。

欧·亨利，原名威廉·西德尼·波特（William Sydney Porter），虽然一生历经坎坷，却始终保持着对生活的敏锐观察和深刻理解。他的短篇小说，就如同一个个精巧的宝箱，外表看起来朴素无华，但里边却藏着令人叹为观止的珍宝。这些作品大多以 20 世纪初的美国社会为背景，尤其是纽约曼哈顿的市井生活，更在他笔下浓墨重彩。在这里，小职员、警察、流浪汉、贫穷艺术家等小人物纷纷登场，他们或悲或喜，或爱或恨，共同编织出了一幅幅生动鲜活的社会画卷。

欧·亨利的作品之所以深受读者的喜爱，不仅在于其构思的新颖和语言的诙谐，更在于其结局的出人意料。他特别善于在平淡无奇的情节中埋下伏笔，于不经意间引领读者步入一个又一个惊喜与转折之中。《麦琪的礼物》《警察与赞美诗》《最后一片叶子》等经典之作，无一不是以这种独特的方式存在，让读者在欢笑与泪水中感受到了人性的光辉与生活的真谛。

此外，欧·亨利的小说还一度被誉为"美国生活的幽默百科全书"。他以其敏锐的洞察力和深刻的笔触，捕捉到了社会生活中的种种现象与矛盾，并以幽默风趣的方式加以呈现。这种幽默并非浅薄的逗乐，而是蕴含着对生活的深刻理解和对人性的深切关怀。

在本选集中，我精心挑选了欧·亨利的多篇经典短篇小说，力求为读者呈现一个全面而真实的欧·亨利世界。这些作品不仅代表了欧·亨利在短篇小说创作上的最高成就，也为读者提供了一个了解美国社会历史文化的独特窗口。

我相信，每一位翻开这本书的读者，都将被欧·亨利那独特的艺术魅力所深深吸引。在这里，你将与那些鲜活的人物一同欢笑、一同哭泣、一同经历人生的酸甜苦辣。而当你合上书本的那一刻，或许你会发现自己已经悄然成长，对生活有了更深的理解和感悟。

让我们一同走进欧·亨利的短篇小说世界，去感受那份来自百年前的智慧与温暖吧！

目　录

START READING

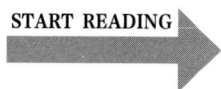

二十年以后

　　大街上巡逻的警察昂首挺胸，走来走去，格外引人注目。他们的动作是习惯性的，并非有意炫耀，毕竟此时周遭人影稀疏。当时还不到晚上十点，冷飕飕的风阵阵吹来，夹杂着一丝雨水，街上的人寥寥无几。

　　他一边走着，一边逐一试着推动沿途的门扉，检查它们是否紧闭，手里的警棍熟练地旋转，不时转身以警惕的目光扫视着太平洋大道。他那魁梧的身躯与昂首阔步的姿态，完美诠释了和平卫士的形象。周围居民习惯了早睡早起，偶尔能瞥见雪茄店或深夜营业的小餐馆透出的灯光，但是大多数商业店铺早已关门打烊了。

　　行至街区中央时，警察突然放缓了步伐。在一家光线黯淡的五金店门口，一名男子斜倚门边，嘴里叼着一支未点燃的雪茄。当警察靠近时，他主动开了口。

"别担心，警官，您放心。"他信心满满地说，"我只是在等待一个朋友，不过这是一个二十年前的约定。听起来有点好笑，不是吗？不过，如果你感兴趣的话，我可以给你讲讲。很久以前，这里曾经是一家餐馆——大乔·布雷迪餐馆。"

"五年前，"警察说，"不过那家餐馆已经被拆了。"

男子划了一根火柴，点燃了雪茄。火光映照出他苍白的脸，方下巴，一双锐利的眼睛，右眉边一道小小的白色伤疤。他的领带夹上镶嵌着一颗奇特的大钻石。

"二十年前的今晚，"那人说，"我和吉米·威尔斯在大乔·布雷迪餐馆一起吃饭，他是我的挚友，也是这世上最好的人。我们在纽约共同长大，情同手足。那时我十八岁，吉米二十岁。我决定次日早上启程，去往西部闯荡一番。但吉米心系纽约，他认为这里是地球上唯一之地。于是，我们约定，自那晚起，整整二十年后，无论境遇如何，无论相隔多远，都要在此重逢。我们想啊，二十年后，无论如何，我们俩都应该各有归宿，挣到了能挣的钱，无论多少！”

“听起来挺有意思。”警察说，“不过，在我看来，这样的重逢间隔太长了。你离开以后，你朋友有给你写信吗？”

“嗯，收到过几封，有一段时间我们还保持通信。”那人说，“但一两年后，联系就断了。你知道，西部广阔无垠，我在那里四处奔波，忙于生计，干得风生水起。不过，我坚信，吉米是这个世界上最忠诚、最坚定、最值得信赖的朋友，如果他还在世，必定会赴约的，绝对不会忘记我们之间的誓言。今晚，我远道而来，只为站在这扇门前，等他来，若我的朋友能出现，那么这一切都是值得的。”

那人从口袋里掏出一块精致的手表，表盖上镶嵌着熠熠生辉的小钻石。

“现在是九点五十七分。”他说，“我们之前在餐厅门口分别时，正好是十点钟整。”

“你在西部的日子过得还不错吧？”警察问。

“当然，相当不错！如果吉米能有我一半就好了！他做事磨磨蹭蹭，脑袋也不太灵光，但他人品不错，工作也很勤奋。在西部，总有些老奸巨猾的家伙想方设法夺走我的钱财，我得时刻和他们斗智斗勇。而在纽约，生活会很惬意安逸，人们常常墨守成规。西部充满了压力与挑战，逼着人铤而走险。"

警察手中的警棍轻轻转动，他向前迈了几步。

"我该走了，希望你的朋友能准时出现在这里，如果他没能按时赶到，你会立刻离开这里吗？"

"当然不会！"那人说，"我至少会等他半个小时，如果吉米还活着，他一定会在半小时内赶到这里。再见，警官！"

"晚安，先生！"警察说完，便继续他的巡逻，挨家挨户地检查门是否关好。

此时，细雨又开始飘落，天气愈发寒冷，风也愈发猛烈。在街道的拐角处，几个神情黯然的行人在默默地匆匆行走，他们将衣领高高竖起，双手紧插在口袋里。而五金店门口，那个男人依然屹立在那里，他不远万里而来，只为与年轻时的朋友重逢。他抽着雪茄，静静等待着，既茫然又坚定。

大约过了二十分钟，一个穿着长大衣、衣领高高竖起来的高个子男人匆匆从街对面走来，直接奔向那个等待的人。

"是你吗，鲍勃？"他试探地问道。

"是你吗，吉米·威尔斯？"

"天哪！"刚到的男人惊呼道，双手紧紧握住对方的手。"真的是你啊？鲍勃！千真万确！我就知道，如果你还活着的话，我一定会在这里找到你。好啊，太好啦！太好啦！二十年的时光真的太漫长了。一切都变了，鲍勃！我多么希望一切还像从前那样啊，那样我们就能在这里再好好吃一顿饭了。我的老伙计，你在西部过得还好吗？"

"棒极了！西部给了我想要的一切。吉米，你变化太大啦！从来没想过你会长得这么高，比原来高了二到三英寸。"

"哦，我二十岁以后又长高了一些！"

"你在纽约的日子过得怎么样，吉米？"

"还算凑合吧！我目前在市政府的一个部门任职。走吧，鲍勃！咱们去老地方逛逛，好好聊一聊！"

两人手挽手步入街道。这位来自西部的富豪，显得有些骄傲自满，开始滔滔不绝地讲述自己的发家史。而另一个人则裹紧大衣，听得津津有味。

转过街角，一家药店灯火辉煌，他们走到灯下，同时转身，凝视着彼此的脸庞。

突然，那位西部来客停下脚步，将手臂松开。

"你不是吉米·威尔斯！"他厉声说道，"二十年虽然很长，但不足以把一个人的鼻子从鹰钩鼻变成狮子鼻！"

"但二十年足以改变一个人的本性，它可以把好人变成坏人。"高个子男人说，"你已经被捕十分钟了，狡猾的鲍勃！芝加哥警方料到你会途经纽约，提前给我们发了电报，他们想和你谈谈。老老实实地跟我走吧，这是你唯一明智的选择！不过，在去车站之前，我有一张纸条要给你，你可以在窗口的亮光下看看，这是巡警威尔斯托我带给你的！"

西部来客打开小纸条，稳稳地拿着，读着读着，他的手开始微微颤抖。纸条上的内容简短明了：

鲍勃：

我准时来到了约定的地方。当你划火柴点燃雪茄时，我认出了你，正是芝加哥警方通缉的罪犯！无论如何，我无法亲手逮捕你，我做不到！所以，我找来了一位便衣警察。

——吉米

警察与赞美诗

苏比坐在麦迪逊广场的长椅上，显得焦躁而不安，不停地挪动着身体。每当夜空中大雁的高声鸣叫响起，每当身着海豹皮大衣的女子开始向她们的丈夫示好，每当苏比在这街心公园的长椅上难以坐定时，人们便知，严冬的脚步已近。

一片枯叶轻轻飘落在苏比的膝头，仿佛是杰克·弗罗斯特（也被称作"霜冻先生"）的到访名片。杰克对麦迪逊广场的常客总是那么友好，每年到来之前，他总会提前打个照面，提醒大家做好准备。在繁华的十字街头，通过"户外大厦"的门卫"北风"，"霜冻先生"将信息传递给这里的居民，确保他们都能有所准备。

苏比意识到，是时候下定决心了。为了应对即将到来的严酷季节，他打算单方面组建一个"应对策略小组"。因此，他坐在长椅上，如坐针毡、心绪难宁。

苏比的过冬计划并不奢华。他没有梦想着去地中海巡航，也没有考虑去维苏威湾漂流，更没有打算去南方享受那令人昏沉的阳光。他心心念念的，只是能在岛上度过三个月的时光。整整三个月，有吃有住，还有志同道合的伙伴，远离"北风"门卫的打扰，也摆脱了警察的纠缠。对苏比来说，这就是他梦寐以求的生活。

布莱克威尔岛监狱一直以来都以它的热情好客而闻名，那里是苏比冬天的理想栖身之所。每年冬天，那些比苏比运气好的纽约人都会花钱去里维埃拉和棕榈滩度假。同样，为了前往布莱克威尔岛，苏比也会做出必要的安排。

现在，冬天又来了。昨夜，苏比在老广场喷泉旁的长椅上铺了三张星期日的报纸，穿着大衣和衣而睡，但即使包住了脚踝、盖住了膝盖，也无法抵挡寒冷。于是，他想到了布莱克威尔岛，那个海岛的形象立刻清晰地浮现在他的脑海中。

苏比对那些为城镇贫困人口提供的慈善援助不屑一顾。

在他看来，法律比慈善机构更加仁慈。虽然有很多慈善机构（有市政府办的，也有救济机构办的）可供他去求助，在那里他可以吃住，勉强度日。但苏比自尊心强，对他来说，接受别人的施舍是一种难以忍受的折磨。接受慈善机构的帮助也是如此，虽然不用花钱，但精神上却备受屈辱。正如恺撒对待布鲁图一样，凡事都有两面性，有利必有弊。想要慈善机构让你进去睡觉，就得先让人带你去洗澡；想要吃救济食物，就必须详细交代自己的隐私和来历。因此，与其在慈善机构里受苦，不如接受法律的"优待"。法律虽然无情、铁面无私，但它至少不会像慈善机构那样过多地干涉正人君子的私事。

既然已经决定去岛上，苏比便着手准备去实现他的愿望。有很多简单的方法可以达到这个目的，其中最舒服的就是在一家高档饭店大吃一顿，然后宣称自己无力支付账单，这样他就可以悄无声息地被交给警察处理，接下来的事情就由一位宽容的地方治安法官来安排了。

苏比离开长椅，轻快地走出广场，穿过百老汇大街和第五大道的交会处，来到了平坦的沥青马路上。他拐入百老汇大街，在一家灯火辉煌的餐馆前停下了脚步。每天晚上，这里总是聚集着上流社会的人群，他们穿着华丽、举杯共饮、欢声笑语。

苏比对自己的马甲很有信心，特别是从最低一颗纽扣以上的部分。他的胡子刮得干干净净，外套也还算体面，黑领结整洁无瑕，那是感恩节那天一位教会女士送给他的礼物。如果他能在到达餐桌前不被人怀疑，那么他就成功了。他相信露出桌面的上半身应该不会引起侍者的警觉。苏比盘算着：一只烤野鸭、一瓶夏布利白葡萄酒，然后是卡门贝干酪，再来一小杯咖啡和一支雪茄烟。雪茄烟不需要太贵，一美元一支的就足够了。消费的总金额不能太高，否则餐馆会采取激烈的报复措施。然而，一顿丰盛的饭菜足以让他在前往冬季避难所的路上感到心满意足、欢欣鼓舞。

然而，就在苏比迈进餐馆大门的那一刻，餐馆领班注意到了他破旧不堪的裤子和皮鞋，立刻伸出强壮的双手将他推了个转身，迅速地将他推到了人行道上，从而不动声色地"救下"了那只即将被端上餐桌的野鸭。

苏比离开了百老汇大街。看来，通过大吃一顿然后以耍赖的方式前往梦寐以求的布莱克威尔岛是行不通了。想要进入监狱，必须另寻他法。

在第六大道的一个角落里，有一个灯火通明的大玻璃橱窗，里面陈列着精美的物品，尤其是橱窗里的商品格外引人注目。苏比捡起一块鹅卵石，砸向玻璃橱窗。人们纷纷从拐角处跑来，领头的正是警察。苏比一动不动地站在那里，双手插在口袋里，幸灾乐祸地对着衣服上的铜扣子笑着。

"那个砸玻璃的人跑哪儿去了？"警察气急败坏地问道。

"你难道看不出来这就是我干的吗？"苏比说道，语气中带着一丝嘲讽和难以抑制的友好，仿佛好运正在向他招手。

然而警察并没有接受苏比提供的这条线索。砸碎玻璃橱窗的人不可能留下来等警察来处理，他们通常砸完就跑得无影无踪了。这时警察看到街区尽头有个人正在急匆匆地追赶一辆车，于是便挥舞着警棍追了上去。苏比心里十分恼火，拖着脚步再次开始游荡。他的两次计划都落空了。

街道对面坐落着一家不起眼的餐馆，它以亲民的价格和迎合大众口味的菜肴吸引了众多食客，因此店内总是热闹非凡。餐馆内的餐具粗糙，空气中弥漫着油烟的气息，汤品显得过于清淡。餐桌上的布铺得稀疏不均。苏比毫不犹豫地踏入了这家餐馆，尽管他穿着破旧的鞋子和裤子，但幸运的是，他并没有受到任何冷遇。他在桌边坐下，享用了牛排、煎饼、油炸面圈和馅饼。用餐完毕后，他向侍者坦白了自己身无分文的事实。

"现在，快去叫警察来，"苏比说道，"别让我等太久！"

"没必要惊动警察！"侍者回应道，他的声音油腻得如同奶油蛋糕，眼睛则红得像曼哈顿鸡尾酒中的樱桃。"嘿，阿康，过来一下！"

两名侍者迅速而熟练地将苏比抬起，毫不留情地将他扔到了大街上，他的左耳紧贴着冰冷坚硬的水泥地面。苏比艰难而缓慢地爬起身来，就像木匠缓缓展开折尺一样，然后他拍掉了衣服上的尘土。对于苏比来说，被捕入狱以安然度过寒冬似乎只是一个遥不可及的美梦，那个他梦寐以求的岛屿也仿佛远在天边。就在他附近，相隔两个店面的药店前，站着一名警察，但对方只是笑了笑，便继续沿街巡逻了。

苏比穿过了五个街区后，再次鼓起了勇气，决心要设法被捕入狱并被遣送到那个岛屿上。机会终于来临了，这一次他相信自己一定能够实现心愿。此时，一位外表端庄可爱的年轻女子正站在橱窗前，兴致勃勃地观赏着橱窗里展示的修面杯和墨水台。而离橱窗不远的地方，一个神情严肃的高大警察正靠在一个消防栓上。

　　苏比策划着要扮演一个卑鄙无耻、专爱调戏女性的流氓角色。他选定的目标是一位举止文雅、沉静端庄的女士，而她的身旁恰好站着一位恪尽职守的警察。他坚信，这一次警察那双令人畏惧的手很快就会落到他身上，之后他便能在岛上的小避风港里过上舒适自在、衣食无忧的生活。

　　苏比整理了一下教会女士赠送的领带，将缩进袖口的衬衫袖子拉出来，又把帽檐拉到脑后，斜斜地戴着，几乎快要滑落，然后他侧身踱步，缓缓靠近那位女士。他用贪婪的眼神盯着她，不时发出几声干咳，脸上挂着嬉皮笑脸的表情，哼哼哈哈地装腔作势，无耻至极，完全一副小流氓的模样。他斜眼瞄去，发现那个警察正紧紧地盯着他。这时，年轻女士往前走了几步，又去细细观赏橱窗里的修面杯了。

苏比紧随其后，以一种轻浮的姿态靠近她，挥动着手中的帽子，轻佻地说："嘿，贝德莉娅，想不想来我家坐坐？"

警察的目光始终未离开过这边。苏比心想，只要这位年轻女士稍微示意一下，他就能如愿以偿地被送往岛上，享受那份梦寐以求的安逸生活。想到这里，他仿佛已经感受到了岛上收容所带来的温暖与舒适。然而，年轻女士突然转过身来，一把抓住了苏比的衣袖，兴奋地说道：

"当然想啊，迈克！只是那个警察一直盯着我，不然我早就跟你打招呼了！你不打算请我喝一杯吗？"

她像常青藤一样紧紧缠绕着苏比，让他感到无比郁闷。无奈之下，他只好从警察身边走过，心里明白自己似乎注定要继续过着自由却落魄的生活。

走到拐弯处，苏比趁机摆脱了那个纠缠不休的女人，撒腿就跑，直到确信已经远离了她，才停下脚步。他来到一个灯火通明、热闹非凡的地方，人们在这里欢聚一堂、练习歌剧，歌声悠扬，誓言坚定。男士们身着大衣，女士们披着皮草，在寒冷的夜晚中兴高采烈地穿梭。

然而，苏比却突然感到一阵恐惧，仿佛有什么魔法在阻止他被捕。一想到这一点，他就开始感到惊慌失措。就在这时，他在一座华丽剧院的大门前看到了一个威风凛凛正在巡逻的警察。苏比心想，"扰乱社会治安"这个罪名或许能成为他通往岛上的救命稻草。

于是，苏比在人行道上开始大喊大叫，声音刺耳，像醉鬼一样胡言乱语。他疯狂地跳跃、号叫、怒吼，竭尽全力制造骚乱。然而，警察却只是转过身来，背对着苏比，对一位市民说道：

"这个耶鲁小子是在庆祝他们与哈特福德学院的球赛胜利，声音大了点，但没什么影响。上面有令，暂且让他们闹一闹吧！"

苏比心灰意冷，只好放弃。看来无缘无故的闹腾也只是徒劳无功。难道就真的没有警察来抓他吗？在他的幻想中，那座岛又变得遥不可及，仿佛是一个世外桃源。他只好紧紧扣上单薄的衣服，以抵御刺骨的寒风。

在一家雪茄店里，苏比注意到一位衣着考究的人，在摇曳的灯光下点燃雪茄。那人进店时，顺手将一把绸伞放在门边。苏比趁机跨进店门，拿起绸伞，优哉游哉地朝门外走去。然而，那个人却急匆匆地追了出来，厉声说道：

"那是我的伞！"

"哦？是吗？"苏比冷笑着回应，心想反正已经算是盗窃了，再加上一条侮辱罪也无妨，"那好哇，你去叫警察来啊！是的，我就拿了你的伞！为什么不去叫警察呢？警察就在外面拐角处。"

然而，绸伞的主人却放慢了脚步，苏比也跟着慢了下来。他预感到幸运之神将再次与他擦肩而过。警察好奇地看着这两个人，而绸伞的主人则解释道：

"当然，误会在所难免……如果这把伞真是你的，请原谅！我今天早上在餐厅捡到的……要是你认出你的伞了，那么……我希望你别……"

"当然是我的。"苏比恶狠狠地说道。

绸伞的前主人无奈地离开了。这时，警察看到一位高个子的金发女郎正准备穿过马路，急忙跑上前去搀扶她，以免她被远处驶来的电车撞倒。

苏比穿过一条坑坑洼洼的街道，向东边走去。他愤怒万分，狠狠地把绸伞扔进一个坑里，嘴里叽叽咕咕地谩骂着那些警察。他一心只想入狱，他们却偏偏把他当成无辜的国王。

最终，苏比来到了一条昏暗静寂的街道，这里通向东区。他顺着街道向麦迪逊广场走去，那里是他的家。虽然只有一条长凳，但回家的本能还是驱使着他走到了那里。

然而，在一个拐角处，苏比却停了下来。这里是一座古色古香、异常幽静的教堂，建筑奇特，规划凌乱。透过一扇紫罗兰色的玻璃窗，柔和的灯光闪烁着。风琴师悠然自得地拨弄着琴键，演练着安息日的赞美诗。这悦耳的音乐深深吸引了苏比，他紧贴在螺旋形的铁栅栏上，一动不动。

夜空中，一轮明月高悬，明亮而静穆。路上车辆稀少，行人寥寥无几。屋檐下的麻雀在睡意朦胧中偶尔"啁啾"几声。这一刻，那情景仿佛乡间的教堂墓地一般宁静。风琴师弹奏的赞美诗深深触动了苏比的心灵，让他想起了曾经拥有的母爱、爱情、朋友和远大抱负。在那些日子里，他的思想纯洁无邪，生活体面有尊严，对这些赞美诗也颇为熟悉。

在古老教堂的氛围熏陶下，苏比的灵魂发生了奇妙的变化。他幡然醒悟，发现自己已经陷入了堕落的深渊：生活颓废、欲念低俗、心灰意冷、自暴自弃、动机不纯——

这些就是他现在的全部生活。

然而，就在这一瞬间，他的思想又发生了新的转变。他仿佛醍醐灌顶，激动万分。一股强烈的冲动驱使着他去迎战那绝望的命运。他要拯救自己，重新做人，征服一度操控自己的恶魔。现在为时不晚，他还年轻，他要重拾昔日的雄心壮志，一步一个脚印地去实现梦想。管风琴那庄重而甜美的音符在他的内心深处掀起了一场革命。他暗下决心，明天要去繁华的商业区找个工作。他曾经认识一个皮货进口商，对方曾邀请他去当司机。明天，他就要找到那个人，接下这份工作。他要堂堂正正地做人……

就在这时，苏比感到有只手按在了他的胳膊上。他迅速扭过头去，只见一个大脸盘的警察正站在他面前。

"你在这儿干什么？"警察问道。

"没干什么。"苏比回答道。

"跟我来。"警察说道。

第二天早晨，在警察局的法庭上，治安法官宣判道："布莱克威尔岛，拘押三个月。"

麦琪的礼物

德拉手头紧握着一美元八十七美分，这是她全部的积蓄，其中六十美分是由零星的小硬币拼凑而成的。这些硬币是她一次次在杂货铺、菜市场、肉店与老板们耐心周旋、精心计算后节省下来的，每次讨价还价都让她脸颊绯红，羞愧难当。尽管旁人未曾直言，但这种过分精打细算的行径，难免显得有些吝啬，让自己难堪。德拉一遍遍地数着，确认无误，确实是一美元八十七美分。而明天，就是圣诞节了。

显然，德拉唯一能做的，就是扑倒在破旧的小沙发上放声大哭。于是，她这样做了，泪水滑落，心中充满了对生活的无尽感慨。生活，似乎就是由这些呜咽、抽泣和偶尔的微笑拼凑而成的，而抽泣总是占据了大部分的时间。

女主人（德拉）的情绪逐渐平复，此刻让我们一同审视这个居所。这是一套配备了基本家具的公寓，每周的租金为八美元。房间显得颇为陈旧，设施简单到了极点，虽未到难以言喻之境，但一眼望去，无疑是贫困人家生活的写照。

在楼下的门廊里，矗立着一个信箱，却遗憾地从未有过信件的光临；旁边挂着一个门铃，遗憾的是，它的铃声也从未被任何人的手指唤醒。此外，那里还钉着一块门牌，上面镌刻着"詹姆斯·迪林厄姆·扬先生"的名字。

在主人曾经风光无限的日子里，他一时高兴给自己加上了"迪林厄姆"这个响亮的名号，那时他每周能赚到三十美元。然而，如今他的收入已缩减为二十美元，就连"迪林厄姆"这几个英文字母也仿佛失去了往日的光彩，变得模糊不清，似乎在认真考虑是否应该简化为一个更为低调、不引人注目的字母 D。但是，每当詹姆斯·迪林厄姆·扬踏入家门，走进楼上的房间时，他的妻子——也就是刚才向大家介绍的德拉，总是亲切地称呼他为"吉姆"，并给予他热情的拥抱。这样的时刻总是充满了温馨美好。

德拉止住泪水后，轻轻地拾起粉饼，在脸颊上细细涂抹，随后她站到窗前，目光呆滞地凝视着后院那片灰暗的景象，只见一只灰白相间的猫正漫步在同样灰白色的篱笆上。圣诞节即将来临，而她手中为吉姆准备礼物的钱，只有区区一美元八十七美分。这笔钱是她耗费数月的时间，精打细算、倾尽全力，一分一毫积攒下来的。每周仅二十美元的收入令他们的生活总是捉襟见肘，支出屡屡超出预算，周而复始，导致她现在手头拮据，仅有这么一点钱来为吉姆挑选礼物。她曾牺牲了多少快乐的时光，只为筹划送给她心爱的吉姆一份贴心、精致、稀有且贵重的礼物，至少得是一件配得上吉姆的东西才行。

在房间的两扇窗户之间摆放着一面穿衣镜。就是在每周房租八美元的房间里常见的穿衣镜。站在这面镜子前，一个身形瘦小却动作敏捷的人，能够通过观察自己在瘦长的穿衣镜中的形象，从而准确了解自己的外貌。德拉正是这样一个身材纤细的人，她对这门通过镜子观察自己的技巧掌握得相当熟练。

猛然间，德拉迅速地从窗边转过身来，站到了穿衣镜面前，她的双眼闪烁着晶莹的光芒，但不久，这份光彩便从她脸上褪去。紧接着，她迅速地将头发散开，让秀发自由地垂落下来。

当前，詹姆斯·迪林厄姆·扬夫妇俩各自拥有一件极为珍视的宝物。其中一件是吉姆传承自祖辈的金表，这金表是他的祖父传给他的父亲，再由他的父亲传给他的，是家族世代相传的珍宝；而另一件宝物则是德拉那一头秀发。试想，如果示巴女王恰好居住在对面的公寓，且能从通风井窥见德拉，那么当德拉散开秀发，任其在窗外自然风干时，示巴女王见到这番景象，定会自感逊色，黯然伤神；同样地，假设地下室堆满了金银财宝，而所罗门王是那守门之人，每当吉姆路过并掏出金表审视时，所罗门王见到这金光闪闪的表，也难免会心生嫉妒，怒火中烧。

德拉的秀发如波浪般散开，闪烁着棕色的光泽，宛如一道流光溢彩的瀑布倾泻而下。她的发丝垂至膝间，仿佛为她披上了一袭华丽的长袍。

随后，她紧张而迅速地把头发梳理好。在短暂的犹豫之后，她静静地站立着，几滴泪水从脸颊悄然滑落，滴落在那张破旧的红地毯上。

她披上那件棕色的旧外套，戴上了与之相配的棕色旧帽子，眼中闪烁着晶莹的泪光，轻轻一摆裙摆，她便如同飘然出世一般，走出了房门，沿着楼梯下到街上。

她行至一块招牌前停下了脚步，牌子上赫然写着："索弗罗妮夫人——专营各类头发用品"。随后，德拉快步跑上楼梯，到达时已是气喘吁吁，她稍作停顿以平复呼吸。迎接她的是一位身材高大、面色苍白、神情冷漠的女士，其形象与"索弗罗妮夫人"这一温馨称谓形成了鲜明对比，显得名不副实。

"你愿意买我的头发吗？"德拉问。

"我买头发，"老板娘催促道，"摘下帽子，让我瞧瞧你的秀发。"

随即，那棕色的秀发如瀑布般倾泻而下，自由散落。

"二十美元。"老板娘边说边熟练地抓起一缕头发细细打量。

"赶紧付钱吧！"德拉急切地说。

随后的两个小时仿佛插上了玫瑰色的羽翼，迅速飞逝。当然，这个比喻是即兴发挥，不必探究。德拉穿梭于各间店铺之中，竭尽全力为吉姆挑选着礼物。

最终，她发现了那个仿佛专为吉姆量身打造的礼物。

她几乎搜遍了所有店铺，才幸运地找到了一条简约质朴的白金表链，式样简单朴素。正如所有高品质的物品一样，它凭借着卓越的质量脱颖而出，而非依赖繁复的装饰来哗众取宠。这条表链与吉姆的金表相得益彰，德拉一看到它便确信它非吉姆莫属，就像吉姆本人一样，内敛而深邃——这一形容对于两者而言都恰到好处。

她花费了二十一美元购得那条表链，便匆匆返回家中，手里只剩下八十七美分了。现在有了这条链子与金表相配，吉姆无论身处何地，都能自信满满地查看时间了。尽管那块表华贵非凡，但一直以来都缺少一条合适的表链，只能搭配着旧皮表带，这让吉姆总是羞于展示，只在需要时偷偷瞄上一眼时间。

回到家中后，德拉的喜悦之情逐渐消退，她开始变得冷静而理智，不再完全沉浸在那条表链带来的喜悦中。她找出烫发铁钳，点燃了煤气，准备修复自己为了爱情所做出的牺牲，这项任务，朋友们，真的异常艰巨。

不到四十分钟的时间，她的头上就布满了细密的小卷发，看起来就像个逃学的小男生。她长时间地、仔细地，甚至有些苛刻地盯着镜子中的自己。

"当吉姆回来看到我这样，"德拉自言自语道，"他不会气得要杀我，他肯定会说，我像个科尼岛上合唱团的孩子。可是，我又有什么办法呢？唉！我手头只有一美元八十七美分，这么点钱，我能给他买到什么像样的礼物呢？"

七点钟一到，她把咖啡煮好，接着把煎锅放在热炉上，准备开始煎排骨。

吉姆总是那么准时地回家。德拉手握着对折好的表链，坐在靠近门口附近的桌角边。接着，外面楼梯上传来了吉姆的脚步声，德拉顿时紧张起来，脸色变得苍白。她有一个习惯，总会在心里默默祈祷日常的小事能够顺利。她轻声念叨："上帝保佑，希望吉姆看到我时，仍然觉得我很美丽！"

随后门被推开了，吉姆走了进来，并随手关上了门。他看上去有些消瘦，神情严肃。可怜的小伙子，他才二十二岁，就已经承担起了养家的重担！他需要一件新大衣，甚至连手套都没有！

吉姆伫立于门边，身形未动，犹如猎犬捕捉到猎物气息般凝视着德拉，眼中流露出令德拉费解且胆寒的神色，那既不是怒火，亦非惊讶、不满或厌恶，全然超乎她的预料。吉姆面容僵滞，目光紧盯德拉不放。

德拉转身离桌，缓缓向他走去。

"吉姆，亲爱的！"她呼唤道，"别这样盯着我！我卖了剪掉的头发，只为给你买圣诞礼物，否则我无法安心过节！头发会再长出来——你不会介意的，对吗？实属无奈之举，我的头发长得很快的。快说'圣诞快乐'吧！吉姆，高兴点！你绝对想不到我给你准备了多么精美绝伦的礼物！"

"你把头发剪了？"吉姆轻声问，似乎仍在努力消化这一事实。

"剪了卖了。"德拉答道，"难道因此你就不爱我了？没了长发，我还是我啊！"

吉姆神色异样地环顾四周。

"你说头发没了？"他痴痴重复道。

"别找了。"德拉说，"真的，已经卖了，头发不在了。今天是圣诞前夜，亲爱的！对我温柔些，我做的一切都是为了你。我的头发虽可数，"她忽而语气温柔甜腻，"但我对你的爱却不可量。饿了吗？吉姆，想吃煎排骨吗？"

吉姆恍然大悟，紧紧拥德拉入怀。

哦，对了，让我们换个角度，暂且思考些无关紧要之事。房租无论每周八美元还是一百万美元——又有何分别？数学家或才子亦可能给出错误答案。麦琪赠予珍贵礼物，并不是至关重要的，答案稍后揭晓。

吉姆从大衣口袋中取出一个小包，置于桌上。

"别误会，德拉！"他说，"于我而言，无论你发型如何变换，我对你的爱始终如一。但当你打开这包东西，就会明白我刚才为何愣住！"

德拉纤细的手指灵巧解开绳索，打开包裹。啊！德拉发出一声惊喜交加的尖叫，随即转为失控的抽泣，此刻迫切需要吉姆的安慰。

一整套梳子展现在眼前，包含侧梳、后梳，一应俱全。德拉曾在百老汇橱窗中见过这套梦寐以求的梳子。这些纯玳瑁制、镶有珠宝的发梳，本应与那已剪去的秀发相得益彰。她深知其价值不菲，仅止于羡慕，从未幻想拥有。如今，梳子虽在手，可惜那配得上梳子的秀发已不复存在。

然而，德拉仍将梳子紧贴胸口。良久，她含泪微笑道："我的头发很快就会长出来的，吉姆！"

接着，德拉像被烫伤了的小猫般跃起，高呼：

"嗷！嗷！"

吉姆还未见到她的精美礼物！她急切地摊开手掌，伸向吉姆，黯淡的贵金属仿佛映照出她的喜悦与热情。

"美吗？吉姆！我遍寻全城商店才找到。现在你可以随时查看时间了！来，把表给我！我要看看它们搭配的样子。"

吉姆并未拿出手表，他倒在沙发上笑着枕在自己的胳膊上。

"德拉，"他说，"先把我们的圣诞礼物收好，保存起来。它们都很棒，只是现在不宜使用。我卖了金表，也是为了给你买发梳。现在，你去煎排骨吧！"

众所周知，麦琪智慧超群，他们为初生于马槽的耶稣献上礼物，开创了赠送圣诞礼物的传统。作为智者，他们的礼物无疑明智，即便礼物相同，也有交换的意义。上文简述了这对住在公寓的愚笨孩子的平凡故事，他们为对方不惜牺牲最宝贵之物，看似愚蠢，但对于那些智者，我最后想说，在所有赠礼者中，这两个孩子最为聪明。在所有赠予又接受礼物的人中，他们同样最为聪慧。无论如何，他们都是最聪明的人！

他们就是麦琪！

咖啡馆里的世界公民

　　深夜时分，咖啡馆内人潮涌动。我随意挑选了一张不起眼的小桌坐下，巧的是，这张桌子旁还空闲着两把椅子，仿佛张开双臂，静候着新的客人。

　　随后，一位自称世界公民的人士坐到了其中一把空椅上。我内心窃喜，因为我一直认为，自亚当以来，尚未有人能真正称得上世界公民。我们虽常听闻世界公民之名，也在包裹上见过各国的标签，但那些不过是旅行者罢了。

　　请允许我为您描绘一番当时的场景：大理石桌面的桌子，墙边排列着皮革座椅，同桌的伙伴令人愉悦；女士们略施粉黛，举止文雅而个性鲜明，她们热烈地讨论着品味、经济、财富与艺术；服务生周到细心，欣然接受慷慨的小费；音乐美妙动人，既高雅又通俗，深受大众喜爱；嘈杂的谈话声与欢笑声交织在一起，营造出一种独特的氛围。只要你愿意，高举的维尔茨堡酒杯便会将美酒送至你的唇边，就像枝头熟透的樱桃，轻轻摇晃便落入觅食的鸟儿口中。一位来自英奇·丘恩克的雕塑家告诉我，这样的景象颇具巴黎风情。

坐在我身旁的世界公民，名叫 E. 拉什莫尔·科格兰。他告诉我，明年夏天他打算前往科尼岛，创建一个新的"景点"，为人们提供高端的娱乐享受。接着，他滔滔不绝地谈论起地球，仿佛这个庞大的星球只是他手中的玩物。他谈论起赤道，从一块大陆跳转到另一块大陆，对那些区域的态度显得有些轻蔑。在用餐巾纸擦拭嘴角时，他又对公海不屑一顾。

他轻轻一挥手，便能带你穿越到海德拉巴的某个集市；他一声嚯然，便能让你在拉普兰滑雪；他一声呼哨，便能让你在开亚来卡希基海域与肯纳卡人一同冲浪。转眼间，他又能带你穿越阿肯色州星毛栎丛生的沼泽，感受爱达荷州碱性平原的酷热，随后又带你领略维也纳大公们的上流社会。他还告诉我，有一次他在芝加哥湖受了凉，结果在布宜诺斯艾利斯，一位年长的埃斯卡米拉人用楚库拉草药的热饮治好了他的感冒。如果你给他写信，地址只需写"宇宙太阳系地球 E. 拉什莫尔·科格兰先生收"，相信这封信一定能准确无误地送达他手中。

我坚信，我终于找到了自亚当以来第一位真正的世界公民。我认真倾听他关于世界的宏论，生怕从中发现他只是一个带有浓厚地方口音的环球旅行者。然而，他的观点始终坚定，从不消极沮丧。他对每个大洲、每个国家乃至每一座城市都一视同仁，就像春风和万有引力一样自然。当 E. 拉什莫尔·科格兰滔滔不绝地谈论着这个小小的星球时，我想起了另一位也算得上伟大的世界公民——拉迪亚德·吉卜林。他在一首诗中写到，地球上的城市之间常常争斗不休，妄自尊大。然而，在这些城市中生活的人们，虽然经常穿梭于不同的城市之间，但他们却紧紧依附于自己的故乡，就像孩子紧紧抓住母亲的长袍一样。当他们走在陌生的喧嚣街道上时，他们会想起自己的故乡是多么忠诚、多么愚笨、多么令人热爱！他们与故乡生死与共，紧密相连。然而，我突然发现，拉迪亚德·吉卜林先生离真正的世界公民还有一段距离。而我现在找到的这位脱俗之人，他并不单单吹捧自己的家乡或国家。如果说是吹捧的话，他是在吹捧整个地球，对火星人和月球居民则不屑一顾。

这个话题也是 E. 拉什莫尔·科格兰先生提出的。当时，他正在给我描绘西伯利亚铁路的地形，而乐队则开始演奏混合曲目，最后一曲是"迪克西"。当激昂的旋律响起时，几乎每张桌子都响起了热烈的掌声。

在纽约的众多咖啡馆里，这样的场景每晚都在上演。人们在这里谈笑风生，消耗着大量的啤酒。有人甚至认为，在夜幕降临之际，城里所有的南方人都涌向了咖啡馆寻欢作乐。在一个北方城市里，"反抗者"的掌声虽然令人费解，但也并非毫无道理。对西班牙的战争、多年来的薄荷和西瓜丰收、新奥尔良赛场上几场胜负难料的比赛，以及由印第安纳州和堪萨斯州居民组成的"北卡罗来纳社团"举办的盛大宴会等，都使得南方元素在曼哈顿成为一种时尚。即使你在修剪指甲时，你的左手食指也会透露出你来自弗吉尼亚州里士满的身份。当然，由于战争的原因，现在许多女士也不得不外出工作。

当"迪克西"正在演奏时，一位黑发的年轻人突然闯了进来。他带着莫斯比游击队的呐喊声，疯狂地挥舞着软边帽子，穿过烟雾踉跄地走到我们桌旁的空椅子上坐下，然后掏出一包香烟来。

此时，人们也不再保持沉默。有人向侍者点了三杯维尔茨堡酒，黑发年轻人一听就知道其中也有他的一份，便笑着点了点头。我正准备验证我的想法时，E.拉什莫尔·科格兰突然一拳砸在桌上，吓得我目瞪口呆。

"抱歉，"他开口道，"我向来反感这种探究人出身的问题。探究一个人的来历究竟有何意义？仅凭住址就对人下结论，这难道公平吗？唉，我知道，肯塔基人未必都爱威士忌，弗吉尼亚人也不都自认是波卡洪塔丝的后裔，印第安纳人同样能写小说，墨西哥人也不一定都穿缝着银币的丝绒裤。那些滑稽的英国人、挥霍的美国人、冷酷的南方人、心胸狭窄的西部人，还有忙碌的纽约人，他们连一小时都舍不得花，站在街头看看杂货店里独臂售货员如何将越橘装进纸袋。人就是人，别轻易给他们贴上地域标签，设下障碍！"

"请原谅我的唐突！"我回应道，"我只是情不自禁。我对南方很熟悉，当乐队演奏'迪克西'时，我总喜欢四处观察。那个疯狂欢呼、卖力呐喊、展现忠诚的人，我猜他一定来自新泽西州的塞考卡，或是本市默里山学园和哈莱姆河之间的地方。我正想向他求证，却被你打断了。你的观点，我必须承认，确实站得更高！"

这时，黑发年轻人对我说，他的想法显然是习惯使然。

"我渴望变成一朵长春花，"他神秘兮兮地说，"生长在峡谷之上，随风吟唱嘟拉鲁——拉鲁。"

我没听懂，于是又转向科格兰。

"我已经环游世界十二次了。"他说道，"我认识乌佩纳维克的一个因纽特人，他派人去辛辛那提买领带；我见过一个乌拉圭的牧羊人，在巴特克里市的早餐食品智力游戏中获奖；我在埃及开罗租了房，在横滨也付了另一间房的全年租金；上海的一家茶馆为我准备了专用拖鞋；在里约热内卢或西雅图，他们都知道我喜欢的煮蛋方式。世界既大又小！吹嘘自己是北方人还是南方人有什么意义？吹嘘自己来自戴尔的古老庄园、克利夫兰的欧几里得大道、派克峰、弗吉尼亚州的费尔法克斯县、阿飞公寓或其他地方，又有什么用呢？只有当我们不再因出生在某个平庸的小镇或恰好生于十英亩的沼泽地而自暴自弃时，世界才会变得更美好！"

"你真是个名副其实的世界公民。"我羡慕地说，"不过，你似乎也在谴责爱国精神！"

"那是陈旧的观念！"科格兰激动地说，"我们都是兄弟，无论我们是中国人、英国人、祖鲁人、巴塔哥尼亚人还是考河流域的居民，都是兄弟。总有一天，人们对所在城市、州、地区或国家的自豪感会消失，我们都会成为世界公民，这本该如此，也理应如此！"

"但是，当你在异国他乡漂泊时，"我仍坚持道，"你的思绪难道不会回到某个地方——那些亲近的……"

"从来没有这样的地方。"E.拉什莫尔·科格兰毫不犹豫地打断我，"这块广袤的陆地，这块行星般的物质，两极稍扁，它被称为地球，这就是我的家。在国外，我发现许多同胞总是受限于某些观念。我见过芝加哥人在威尼斯的月夜坐在贡多拉上吹嘘他们的排水系统；我见过一个南方人在与英国国王会面时，毫不掩饰地提及他与查尔斯顿帕金斯家族的亲戚关系；我认识一个纽约人，在阿富汗被土匪绑架勒索赎金，等待救援时，他和中间人回到喀布尔，当地人问起'阿富汗'时，他竟回答说：'你不觉得没那么慢吗？'然后开始讲起第六大街和百老汇大街的出租车司机。这些想法与我无关，我不会局限于地球这八千英里的任何地方。请记住我的名字，我叫 E.拉什莫尔·科格兰，我是地球的公民。"

这位世界公民向我做了个夸张的告别手势，然后离去。因为他在高谈阔论时，透过烟雾缭绕，看到了某个熟人。现在，只剩下这个想成为长春花的年轻人和我，默默地喝着维尔茨堡酒，不再谈论他栖息于山谷之巅的愿望。

我坐在那里，回想着刚才那位世界公民的清晰形象，心想那位印度诗人怎么没发现他呢？他是我的新发现，我确信。这是怎么回事呢？"在这些城市中生活的人们，虽然常在不同城市间穿梭，但他们却紧紧依附于自己的城市，就像孩子紧紧抓住母亲的长袍一样。"

E.拉什莫尔·科格兰完全不同，他把全世界当作他的……

正当我沉思时，咖啡馆另一边突然传来争吵和打斗声。从顾客头顶望去，我看见 E.拉什莫尔·科格兰和另一个陌生人激烈地打斗起来。他们像大力神一样绕着桌子打斗，玻璃杯被砸得粉碎，有人抓起帽子还没来得及躲开就被打倒在地。一个黑发女人尖叫起来，一个金发女人则开始说唱逗乐。

我的世界公民依然保持着地球公民的傲气和名声。就在这时，侍者们迅速围上来，挤在他们中间，强行将仍在打斗的两人推出了咖啡馆。

我叫来一位名叫麦卡锡的法国侍者，询问他们争执的原因。

"那个打红领带的人（即我的世界公民），"他说，"他被激怒了，因为另一个人说他家乡的人行道和供水系统都不好。"

"哦，"我感到困惑，"但他是个世界公民——一位世界公民，他……"

"那个人来自缅因州的马托瓦姆基格，"麦卡锡继续说道，"他说他受不了别人说他家乡的坏话！"

带家具出租的房间

在纽约西区南部的广阔地带，矗立着一排排红砖房，这里的居民行色匆匆，生活漂泊不定，他们的住所不固定，四海为家。他们频繁更换住处，毫无稳定性可言，这种生活方式也体现在他们的精神与思想上。他们随口哼唱着雷格泰姆乐曲《家，甜蜜的家》，而他们的全部财产，一个硬纸盒便能轻松装下。他们用葡萄藤装点宽边帽，手持无花果树枝作为行走时的辅助。

在这片区域，类似的房客数以千计，因此发生的故事自然层出不穷，尽管其中大多平淡无奇。然而，若说在这众多流浪者的故事中找不到一两个离奇诡异的幽灵故事，那倒真是奇怪了！

一天傍晚，夜幕降临后，一位年轻人来到这片破败不堪的红砖房区，他在房子周围徘徊，逐一按响门铃。当他来到第十二家门前时，将空手提包放在台阶上，轻轻拍去帽檐上的灰尘，擦净额头上的汗渍，然后按响了门铃。门铃声微弱，仿佛传到了遥远而空旷的房屋深处。

　　这是他按响的第十二家门铃。铃声响了一会儿后，女房东应声而出。看到她，他脑海中不禁浮现出一只令人厌恶的、贪食过度的蛆虫形象。她似乎已经把家里的食物都消耗殆尽，现在正在寻找新的房客，以收取房租度日。

　　年轻人询问是否有空房出租。

　　"进来吧。"房东的声音从喉头挤出，低沉而模糊，仿佛喉咙上覆盖了一层毛皮。"三楼后面还有一间空房，已经空置一周了，想看看吗？"

　　年轻人跟随她上楼，不知从何处透入的一线微弱光线，勉强照亮了走廊的阴暗。他们默默地走着，脚下的地毯破旧不堪，已无法辨认出原本的模样，它仿佛变成了一大片植被，在这恶臭、阴暗的空气中腐烂，滋生出满地的苔藓，星星点点，一直蔓延到楼梯上。偶尔踩到苔藓，会感觉到一种黏糊糊、软绵绵的触感。在楼梯转角处，墙上有空荡荡的壁龛。或许，过去这里曾养过一些小花小草，但它们在污浊肮脏的空气中早已凋零；或许，壁龛里曾放过圣人的塑像，但不难想象，在黑夜中，各种精灵鬼怪将它们从壁龛中拖出，一直拉到楼下某个肮脏邪恶的地方。

"就是这间房。"房东说道，声音依然像被堵住了一样，"这间房特别好，通常很难空出来。去年夏天，一些非常讲究的人住在这里，他们从不给我添麻烦，总是提前交房租。自来水在走廊那头。斯普罗尔斯和穆尼在这里住了三个月，他们是歌舞杂耍演员。你可能听说过布雷塔·斯普罗尔斯小姐吧，哦，那可能是她的艺名。他们的结婚证书就挂在那张梳妆台上边。这里是煤气开关，你看，这个壁橱很宽敞。每个人都很喜欢这间房，它从来没有长时间空置过。"

"住在这里的大多是演员吗？"年轻人问道。

"是的，这一带剧院很多，所以很多房客都是从事演艺行业的。演员们从来不会在一个地方长住，他们来来去去，我只管收我的房租就行了！"

年轻人租下了房间，并预付了一周的房租。他表示自己很累，想立刻安顿下来。房东说房间已经准备妥当，连毛巾和热水都是现成的。房东正要离开时，他终于问出了那个他已经问过无数次、常常挂在嘴边的问题。

"你记不记得有这么一个姑娘——名叫瓦西纳——埃卢瓦丝·瓦西纳小姐——是否在你这里住过？她应该是在台上唱歌的。她皮肤白皙，中等身材，苗条修长，一头金红色的头发，左边眉毛旁长了一颗黑痣。"

"不，我不熟悉这个名字。那些演员的名字换得飞快，跟换房间一样频繁。他们一会儿一个名字，一会儿又一个名字，谁也说不准。真的，我想不起这个名字了！"

没有！又是没有！五个月以来，他从未停止过打听，但得到的答案总是否定的。他花费了大量时间，白天去找剧院经理、戏剧经纪人、戏剧学校和歌舞团打听消息，晚上则在观众中寻找。他去过名角儿表演的剧院，也去过粗俗不堪的歌舞表演场所。他非常害怕在歌舞团这样的地方找到他最想找到的人——她可是他最爱的人啊！他发誓一定要找到她。他坚信自从她从家里消失后，她一定就在这个被水域环绕的大城市的某个角落。这座城市就像一块巨大的流沙地带，每时每刻都在变化，今天还浮在上层的细粒到了明天也许就被淤泥和黏土所覆盖。

客房迎来了新的客人，就像一位憔悴的妓女脸上堆起的假笑一样虚伪而敷衍。房间里的家具破旧不堪，"舒适"这个词在这里显得如此荒谬：长沙发和两把椅子上的绸套已经破烂不堪；两扇窗户之间挂着一面仅有一码宽的劣质穿衣镜；一两个金粉斑驳的相框随意摆放在角落里；还有一个铜床架孤零零地立在那里。

年轻人懒洋洋地仰面躺在一把椅子上。这个房间就像是一个信息交汇的通天塔套间一样，试图向他诉说曾经住在这里的房客们的故事。

地板上铺着一块色彩斑斓的地毯，它像一个盛开的长方形热带岛屿一样引人注目。然而地毯四周的垫子却污秽不堪，就像岛屿周围波涛汹涌的海洋一样令人不悦。墙壁上贴着艳丽的墙纸，挂着那些漂泊不定的房客们留下的画作——"胡格诺派的恋人""第一次争吵""婚礼早餐""喷泉旁的赛琪"。壁炉架显得庄重而肃穆，外面歪歪斜斜地挂着一件别致的帷幔，它就像亚马逊芭蕾舞演员的腰带一样引人注目。台子上随意摆放着一些东西：两个不起眼的花瓶、几张女演员的照片、一个药瓶，以及木制平台上一些散落的纸牌。这些弃物都是之前房客在搬走时遗留下来的。

随着时间的推移，房间内的种种线索逐渐显露，那些由前任房客遗留下的微小痕迹被一一放大，变得清晰可见。梳妆台前的地毯已磨损得仅剩麻纱，见证了无数美丽女子在此驻足装扮的场景。墙上的小指纹无疑是逃犯留下的，他们曾在此寻觅通往自由的路径。那一团如炸弹爆炸般溅开的污渍，显然是某个房客不慎将盛满液体的容器砸向墙壁所致。穿衣镜上歪歪扭扭地刻着"玛丽"二字，或许这是某位男士用玻璃钻刀深情刻下的爱人之名。在这间冷漠的房间里，房客们往往难以控制情绪，易怒且常将满腔怒火倾泻于此。房间内的家具无一不伤痕累累，残缺不全：沙发内的弹簧几乎要刺破表面，宛如一头在痛苦中挣扎的怪物；大理石壁炉台已出现裂痕，显然是遭受过猛烈撞击；地板上的每块木板都翘起，形态各异，踩上去便会发出哀怨的声响。

令人惊讶的是，那些曾称这里为"家"的人，竟是恶意破坏这个房间的始作俑者。他们的行为并非无缘无故，而是源于对家的盲目依恋与屡遭欺骗后的愤怒。对虚假守护神的无限痛恨，点燃了他们胸中的怒火。事实上，只要拥有一间属于自己的小屋，我们都会悉心打扫、装扮并珍惜它。

年轻人坐在椅子上，思绪纷飞。此时，楼内传来各种声音：有人窃笑，有人放荡地大笑，有人自言自语地咒骂，有人不停地掷骰子，有人哼唱催眠曲，有人抽泣，有人弹奏班卓琴，有人频繁地开关门，高架桥上的电车"隆隆"驶过，篱笆墙后的猫发出哀号。他也嗅到了这座房子的气息——一股潮湿、冰冷的霉味，夹杂着地下室油毡的哈喇味和腐烂木制品的霉臭味。

他就这样瘫坐着，突然，整个房间被木樨草浓郁的芬芳所笼罩。这香气随风飘来，清新浓郁，沁人心脾，仿佛化作了活生生的来客。仿佛有人在呼唤他，年轻人失声喊道："怎么了？亲爱的！"他从椅子上跃起，环顾四周。浓郁的香气环绕着他，他伸出手臂想要拥抱这芬芳。刹那间，他的所有感官都交织在一起。香气怎能如此断然呼唤一个人呢？那么，唤醒他的必定是声音。而这个声音，不正是曾经触动他心底、抚慰他心灵的声音吗？

"她来过这个房间。"他喊道。他跳起来，拼命寻找任何蛛丝马迹，因为他坚信自己能认出属于她的物品或她曾触碰过的物体，无论多么微小。这沁人心脾的木樨草香气，是她曾经钟爱、独属于她的味道，究竟从何而来？

房间显然只是草草收拾过。梳妆台上散落着一些发夹——都是女性用品，跟其他普通梳妆台一样，并没有个人特色。他并未深思。他仔细搜查了梳妆台的抽屉，发现了一条旧手帕。他将手帕盖在脸上，却闻到一股天芥菜花的刺鼻怪味，随即扔掉了手帕。在第二个抽屉里，他找到了几颗纽扣、一张戏院节目单、一张当铺老板的名片、两颗果汁软糖和一本解梦书。在第三个抽屉里，他看到了一个女用的黑缎蝴蝶发结，心中既震惊又兴奋，却又感到绝望。然而，这黑缎蝴蝶发结虽庄重典雅，却也是普通女性用品，并不能说明什么。

他像猎狗一样四处嗅探，仔细搜寻房间的每个角落。他趴在地上查看拱起的地毯，翻遍了壁炉架、桌子、窗帘、挂画和角落里摇摇欲坠的酒柜，竭力想找到一些证据来证明她曾住在这间房里。他仿佛能感受到她就在他身边、周围、对面，恳求他、哀婉地呼唤着他。他愚钝的感觉都能强烈地感应到她的呼唤。他再次大喊道："我在这儿，亲爱的！"然后转身四顾，却什么也没看见。这木樨草的香气如此浓郁，熏得他无法辨认形状、颜色、爱情和拥抱。上帝啊！这香气究竟从何而来？何时起香气也能召唤人了？

他找不到答案，只能继续摸索。

他又在墙缝和墙角处仔细搜寻，发现了一些酒瓶的软木塞和烟头。他对这些东西不屑一顾。但当他在地毯的褶皱里发现一支抽了半截的纸雪茄时，他脸色铁青地用脚后跟将其踩碎并破口大骂。他再次仔细搜查了整个房间的每个角落，只看到了前任房客留下的无聊、可耻的痕迹。也许她曾住在这里，她的灵魂也在此徘徊，但他却没有发现任何关于她的线索。

这时，他想起了房东。

他从这间仿佛闹鬼的房间冲下楼来到一扇透出微光的门前。房东应声开门出来，他努力克制住内心的激动。

"请告诉我，夫人，"他恳求道，"在我之前到底是谁住过那个房间？"

"好的先生。我可以再告诉您一遍是斯普罗尔斯和穆尼夫妇住过。布雷塔·斯普罗尔斯小姐是名演员，后来嫁给了穆尼。我的房子一直体面整洁从未发生过什么不光彩的事情。他们还把结婚证镶了框挂在墙上用钉子……"

"斯普罗尔斯小姐是个怎样的女人——我是说她的长相如何？"

"怎么了先生！她黑头发，矮小肥胖，面相有趣，他们上星期二才搬走的。"

"那在他们之前呢？"

"嗯，有那么一位单身男士，从事货物运输工作，他在离开时还欠了我一周的房租未结清。在他之前，是克劳德太太带着两个孩子居住了四个月的时间。再往前追溯，是多伊尔老先生，他的房租是由儿子代为支付的，住了整整六个月。至于再之前的情况，那已经是一年前的事情了，我的记忆已经模糊不清了。"

在表达过感激之后，他脚步蹒跚地返回了自己的房间，那里沉寂得可怕。先前为他带来无限生机的木樨花香已然消散无踪，取而代之的是破旧家具散发出的霉臭气息。

最后一丝希望也破灭了，他心中充满了绝望。他呆坐在那里，目光呆滞地凝视着那盏昏黄闪烁的煤气灯。片刻之后，他走到床边，将床单撕成条状，塞入门窗四周的缝隙中，并用刀刃紧紧固定住。一切准备就绪后，他熄灭了灯光，打开了煤气阀门，然后静静地躺在了床上。

今晚轮到麦库尔太太拿着罐子去买啤酒了。取回啤酒后，她和珀迪太太一同前往一个地下聚会场所，那里蚊虫肆虐，是房东们偶尔聚会的地方。

"今晚，我已经把三楼后面的那间房租出去了。"珀迪太太说道，眼前的啤酒泡沫不断冒起。"是一个年轻人租的，他两个小时前就上床休息了。"

"哇！你真行，珀迪太太！"麦克库尔太太羡慕地说道，"真是太不可思议了，那样的房子你都能租出去！那你有没有把那件事告诉他？"她压低声音，神秘兮兮地问道。

"房间里的家具已经换过了，也打扫得干干净净。"珀迪太太有些心惊胆战地说，"我没告诉他，就是为了能把房子租出去，麦克库尔太太！"

"没错，收房租就是我们的生计所在，你做得没错。如果他知道有人在这个房间里自杀，还死在了床上，谁还敢来租这个房间呢？"

"你说得对，我们总得挣钱过活啊！"珀迪太太感叹道。

"可不是嘛，太太，就是这个道理。一个星期前，我还帮你收拾了三楼后面的那间房呢，那个姑娘长得那么标致，竟然会选择开煤气自杀！"

"她长得确实很好看，大家都夸她漂亮。"珀迪太太表示赞同，但随即又刻薄地补了一句，"就是她左边的眉毛上多了一颗痣，不然的话就更完美了！来，再喝一杯吧，麦克库尔太太！"

最后一片叶子

在华盛顿广场的西侧，隐匿着一片小巧的街区，街道宛如迷宫般错综交织，分割出众多蜿蜒曲折的"小巷"，它们以奇异的角度和弧度相互交错。某条街道甚至多次迂回曲折，与自身交叉不止一两次。曾有一位画家在此发现了独特之处：假若有位催债人，手持颜料、纸张及画布的账单穿行其间，可能会莫名其妙地发现自己又回到了原点，手中账单未收分文，空空如也！

于是，众多画家纷纷涌入历史悠久的老格林威治村，寻觅那些朝北的窗户、18 世纪的三角山墙、荷兰风格的阁楼，以及低廉的租金。他们又从第六大道购得若干敞口杯和一两口保温锅，此地便逐渐成了画家们的"聚集地"。

在一栋三层低矮的砖房顶层，苏与琼西（琼安娜的昵称）设立了她们的画室。苏来自缅因州，而琼西则来自加利福尼亚。她们在第八大道的"德尔莫尼科"餐厅偶遇，因对艺术、生菜沙拉及灯笼袖服装的共同喜爱而结缘，于是携手创立了这间画室。

这些故事发生在温暖的 5 月。然而，半年时光匆匆流逝，转眼已至 11 月，一位冷酷且难以察觉的陌生访客，如同幽灵般在聚集地悄无声息地徘徊。医生们称之为"肺炎"，它手指冰凉，四处摸索。

在广场东侧，这位破坏者肆无忌惮，横行霸道，已有多人遭其毒手。但在那些狭窄、青苔遍布、错综复杂的"小巷"中，它却放慢了脚步。

肺炎先生绝非人们想象中的侠义老绅士。琼西，这位瘦弱的女子，曾饱受加利福尼亚西风的摧残，面色苍白，本不应成为其攻击的目标。然而，这位红拳紧握、呼吸急促的老家伙还是对她下了手。她静静地躺在那张油漆斑驳的铁床上，一动不动，透过荷兰式小窗，凝视着对面砖房的空白墙壁。

某日清晨，忙碌的医生向苏扬起他那毛茸茸的灰白色眉毛，将她引至屋外走廊。

"依我看，她康复的希望十分渺茫，仅剩一成。"他边说边甩动体温计，查看水银柱是否下降，"这一成希望还取决于她求生的意志。若一个人心灰意冷，甘愿让殡仪馆得利，那任何医生都无能为力。你的朋友已认定自己无法康复。她是否有什么心事？"

"她——她曾梦想有朝一日能去那不勒斯海湾作画。"苏回答道。

"作画？——胡说八道！她心中是否有什么值得留恋的——比如，某个男人？"

"男人？"苏提高嗓音喊道，声音宛如口琴吹奏，"难道男人值得——不，医生，绝不可能有这样的事。"

"嗯，那便是身体虚弱所致。"医生说，"我会竭尽全力治疗她。但若病人自暴自弃，治疗效果必将大打折扣。若你能让她对冬季大衣袖子的时尚款式产生兴趣，提出一两个问题，那我可以保证，她康复的概率会翻倍。"

医生离去后，苏走进画室，痛哭流涕，一张日本餐巾被泪水浸湿，揉成一团。片刻后，她手持画板，吹着拉格泰姆口哨，精神抖擞地走进琼西的房间。

琼西躺在床上，面朝窗户，身体一动不动。苏以为她已入睡，便停止了吹口哨。

她整理好画板，开始为一本杂志的故事绘制插图。为了铺就艺术之路，年轻画家们常为那些初涉文坛的作家的故事配图。

苏正在为故事的主角——一位爱达荷州的牧童——绘制一条时尚马裤和单片眼镜，供他参加马匹展览会时佩戴。突然，她听到一个微弱的声音，反复重复着。她快步走到床边。只见琼西睁大眼睛，望着窗外，正在倒数。

"十二，"她数道，片刻后，又数，"十一，"接着是"十"和"九"，然后"八"和"七"几乎同时脱口而出。

苏焦急地望向窗外。哪里有什么可数的呢？只有一个空旷而凄凉的院子，以及二十英尺外一堵砖墙。一株古老得无法再古老的常青藤，根须盘结，根部腐朽，攀附上了砖墙的一半。秋日的冷风几乎吹落了它所有的叶子，只剩下光秃秃的枯枝紧贴着破碎的砖块。

"怎么了？亲爱的！"苏问道。

"六片。"琼西低声说道，声音细若蚊蚋。"现在掉得更快了。三天前还有近百片。数得我头疼。但现在却轻松了许多。又落了一片。现在只剩五片了。"

"五片什么？亲爱的！快告诉苏。"

"叶子，在常青藤上。当最后一片叶子落下时，我也将离去。我三天前就知道了。医生没告诉你吗？"

"哦，我从未听过如此荒谬之言。"苏故作不屑地说，"你的病情与那些破常青藤叶子有何关联？你以前那么喜欢那棵树呢，你这个调皮的姑娘。别说傻话了。哦，医生今天早上告诉我，你很快就会好起来的——原话就是这么说的——他说他有九成把握。这几乎和我们在纽约乘坐有轨电车或经过一座新建大楼的机会一样大。现在喝点肉汤吧，好让苏回去继续画画，这样她就可以把画卖给编辑，换了钱来给她生病的宝贝儿买波特酒，再给自己弄点猪排尝尝！"

"你不必再买酒了。"琼西的眼睛始终盯着窗外说道，"又掉落了一片。不，我不想喝汤。现在只剩四片叶子了。我想在天黑前看最后一片叶子掉落。然后我也该离去了。"

"琼西，我的宝贝！"苏温柔地俯身对她低语，"你能答应我，在我完成工作前，不向窗外看吗？我明天之前必须提交那些插画。我需要充足的光线，不然我就得把窗帘拉上了。"

"你不能在别的地方画画吗？"琼西冷漠地反问。

"我更愿意陪在你身边。"苏回答，"而且，我不想你一直盯着那些无聊的常春藤叶子。"

"你画完就叫醒我。"琼西吩咐道，她闭上了眼睛，脸色苍白，静静地躺着，宛如一尊倾倒的塑像，"因为我想看最后一片叶子落下。我已经等不及了。我厌倦了思考。我想要放下一切、挣脱一切，就像那些可怜的、疲惫的叶子一样飘落。"

"先睡一会儿吧。"苏轻声说，"我得去找贝尔曼，让他做我画中老隐士矿工的模特。我很快就会回来。在我回来之前，你别动。"

老贝尔曼是住在这栋楼底层的一位画家。他年过六旬，留着一把米开朗基罗式的长胡子，从头顶卷曲地垂到胸前。贝尔曼是个落魄的画家。他画了四十年的画，却从未得到艺术女神的垂青。

他一直梦想着创作出一幅杰作，但从未动手。近年来，他除了偶尔画些商业画或广告画外，几乎没有动过画笔。他为社区里那些请不起专业模特的年轻艺术家们做模特，以此挣点外快。他嗜酒如命，时常谈论着他即将诞生的惊世之作。此外，他性情暴躁，不屑于别人的柔情，却自愿成为楼上画室里两位女画家的守护者。

在楼下昏暗的小屋里，苏找到了满身酒气的贝尔曼。在角落里的画架上，摆着一幅空白的画布，它已经等待了二十五年，期待着大师杰作的第一笔。苏把琼西的糟糕情况告诉了他，说她担心琼西像一片叶子一样瘦弱无力，对这个世界失去了留恋，害怕琼西真的会像一片叶子一样消逝。

老贝尔曼眼睛通红，泪流满面，显然对琼西这种愚蠢的想法感到不以为然，甚至嗤之以鼻。

"什么？"他嚷道，"难道真的有人会因为看到该死的常春藤叶子落下就想死吗？我从来没听说过这种怪事！不，我才不会给你当那个隐居矿工的模特呢！你怎么能让她胡思乱想呢？唉，可怜的琼西小姐！"

"她病得很重，身体很虚弱。"苏说，"发烧让她的神经变得混乱，满脑子都是古怪的念头。好吧，贝尔曼先生，如果你不愿意做模特，那就算了！我觉得你就是个讨厌的老——老唠叨鬼！"

"你真是啰唆冗长！"贝尔曼喊道，"谁说我不愿意做模特了？走，我跟你一起去。我不是一直都说愿意给你做模特吗？老天啊，琼西小姐这么好的姑娘怎么能躺在这种地方生病呢！总有一天，我一定要画出一幅杰作，然后我们就可以离开这里了。一定会的！"

他们上楼时，琼西正在沉睡。苏把窗帘拉到窗台下，示意贝尔曼到另一个房间去。在那里，他们心惊胆战地望着窗外的那棵常春藤。他们默默地对视着，外面冷雨夹杂着雪花不停地飘落。贝尔曼穿着他那件蓝色的旧衬衫，坐在一个用倒置的壶做成的岩石上，扮演着隐居的矿工。

第二天早晨，苏只睡了一个小时就醒来了。她看到琼西睁着呆滞的眼睛，盯着拉下的绿色窗帘。

"把窗帘拉上去，我要看。"她低声命令道。

疲惫不堪的苏只好照做。

然而，看啊！经过一夜的风吹雨打，在砖墙的映衬下，一片常春藤叶显得格外醒目。它是最后一片挂在藤上的叶子了。它的茎边还是深绿色的，但锯齿状的边缘已经枯萎发黄。它顽强地挂在离地面二十英尺高的树枝上。

"这是最后一片了。"琼西说，"我以为它昨晚会掉下来。我听到了风声。今天它会掉下来，我也会死去的。"

"亲爱的，别这样！"苏说着，疲惫的脸靠在枕头上，"你不要只想自己，想想我，你走了，我该怎么办？"

琼西没有回答。在这个世界上，当一个人开始踏上神秘而遥远的死亡之旅时，她会感到无比的孤独和寂寞。当她逐一解除与友谊和尘世的联系时，她的幻想似乎变得更加强烈了。

白天艰难地过去了，到了晚上，她们仍然能看到墙上那片孤零零的常春藤叶子，紧紧地依附在茎干上。夜里，北风又起，雨点敲打着窗户，从荷兰式的低矮屋檐上滴答滴答地落下来。

天亮时，执拗的琼西又吩咐苏把窗帘拉起来。

那片常春藤叶子依然在那里。

琼西躺在床上，长时间地凝视着它。然后，她叫来了正在煤气灶上为她做鸡汤的苏。

"我一直是个坏女孩，苏。"琼西说，"一定是天意让最后一片叶子留在那里，让我看到自己是多么邪恶。想要一死了之是一种罪过。现在，你给我端点肉汤来，再加点波尔图葡萄酒的牛奶。然后——等一下，先给我拿一面手镜来，把枕头垫高一些，我要坐起来看你做饭。"

过了一个小时后，她说："苏，我希望有一天能去画那不勒斯湾。"

下午医生来了。当他离开时，苏找了个借口跟着他来到走廊上。

"她的病情已经好转了一半！"医生说着，握住了苏纤细而颤抖的手，"好好照顾她，她会康复的。现在我必须下楼去看看另一个病人。他叫贝尔曼——据我所知，他也是个画家。他患了肺炎。他年纪大了，身体虚弱，病情很严重。他已经无法治愈了，今天去医院是为了让他舒服一些！"

次日，医生向苏传达了好消息："她已经度过危险期了。你做得很好。接下来，只需注重增强她的体质和悉心照料即可。"

那天午后，苏轻步走到琼西的床边，见她正心满意足地编织着一条虽无实际用处却满载心意的蓝色羊毛披肩。苏伸出一只手臂，连同枕头一起将琼西紧紧搂入怀中。

"我有个消息要告诉你，小家伙！"她轻声说道，"贝尔曼先生今天在医院里安详离世了，是肺炎夺走了他的生命。他的病情来得突然，只短短两天。第一天清晨，门房发现他躺在自己楼下的房间里，痛苦万分，无法动弹。他的鞋袜和衣物都被雨水浸透，冰冷刺骨。他们实在无法想象，在那个寒风凛冽、冷雨交加的夜晚，他究竟去了哪里。后来，他们发现了一盏仍亮着的灯笼，还有一把不知从何处拖来的梯子，几支散落的画笔，以及一块调色板，上面混合着绿色和黄色的颜料。还有——亲爱的，快看看窗外，墙上那最后一片常春藤叶。你不觉得奇怪吗？为什么即便在风中，它也从未摇曳过？啊，亲爱的，那片叶子其实是贝尔曼的杰作！就在最后一片叶子即将落下的那个夜晚，他悄悄地在那里画上了这片叶子！"

爱的牺牲

若你对艺术怀有深情，任何牺牲似乎都显得理所应当。这是我们故事的出发点，而接下来，我们将通过这个故事揭示一个结论，并证明这一前提或许并不全然正确。从逻辑的角度看，这样的转折颇为新颖，但若从文学的视角审视，这却是一个比古老的中国长城还要源远流长的主题。

乔·拉拉比，一个来自中西部茂密榭树林平原的青年，浑身洋溢着绘画的天赋。年仅六岁，他便创作了一幅描绘镇上抽水机的画作，画中一位当地名流恰好经过。这幅作品被精心装裱，悬挂在药店橱窗内，与一旁仅挂着几排稀疏果实的玉米穗棒相映成趣。及至二十岁，他怀揣着积蓄，系着飘逸的领带，离开了家乡，踏上了前往纽约的旅程。

德丽雅·加鲁塞斯，出身于南方一个松林环绕的小村落，她精通六音阶的弹奏，技艺非凡。因此，亲戚们齐心协力，为她筹集了一笔虽不多却饱含期望的资金，让她得以北上"深造"。然而，他们并未能见证她的学业成果——这正是我们故事的核心。

乔与德丽雅在一间艺术工作室相遇，那里是美术与音乐专业学生们的聚集地，他们热烈讨论着明暗对比、瓦格纳的乐章、伦勃朗的杰作、瓦尔托伊费尔的技艺、墙纸的设计、肖邦的旋律，以及中国的乌龙茶。

乔与德丽雅一见钟情，迅速坠入爱河，不久便结为连理——因为，在艺术的追求中，任何牺牲都显得微不足道。

拉拉比夫妇租下了一套公寓，开始了他们的家庭生活。那是一个宁静的所在，如同钢琴键盘左端的升 A 调，鲜有人迹。但他们却在此找到了幸福，因为这里充满了艺术与爱情。我想对乔说，趁你现在手头宽裕，不妨将所有财物变卖，慷慨地赠予那位贫困的看门人，以换取你、你的艺术，以及你心爱的德丽雅在这片小天地中的安居之乐。

住在公寓里的人们一定会赞同我的观点：他们的生活，才是真正意义上的幸福生活。家庭的幸福，与房间的大小无关——梳妆台可以翻转成弹子桌，火炉架可变作划船练习器，写字桌能充当临时的床铺，洗脸架则能摇身一变为竖式钢琴。若你愿意，甚至可以将四壁拉近，与你的德丽雅在狭小的空间里依然快乐地生活。然而，若家庭生活不幸福，再大的房子也显得空洞无物，无论你如何穿梭于金门、哈得拉斯、好望角与拉布拉多之间，最终都只会是一场空。

乔在声名显赫的马杰斯特大师那里学画——他的名声、高价与易学的课程无人不知；而德丽雅则在罗森斯托克门下学琴，他是一位为钢琴键盘而生的艺术家，造诣深厚。

只要他们手头还有余钱，生活便是无比幸福的。这其实是人之常情，我并不想显得过于尖刻。他们的目标清晰而明确：乔很快就能创作出佳作，吸引那些头发稀疏、钱包鼓鼓的老先生们纷至沓来，争相抢购他的作品；而德丽雅则将在音乐界崭露头角，享有崇高地位。若音乐厅的座位与包厢未满，她便在专属餐厅享用龙虾大餐，以喉咙痛为由婉拒演出。

在我看来，小公寓里的家庭生活才是最为幸福美满的：一天的学习之后，是缠绵悱恻的情话、美味的晚餐、清新的早餐，以及思想的交流与碰撞。他们关心彼此的理想（否则便毫无意义），互相帮助，激发灵感，还有——请允许我直言——晚上十一点时，还能享用到美味的橄榄馅奶酪三明治。

然而，好景不长，艺术的地位开始动摇。即便无人有意贬低它，它自身也逐渐失去了光芒。只有支出，没有收入。很快，他们便无力承担马杰斯特与罗森斯托克两位大师的学费了。若你深爱艺术，任何牺牲似乎都理所应当。于是，德丽雅决定，她必须靠音乐赚取一些外快，以维持生计。

她外出奔波了两三天，努力寻找音乐学生。一天晚上，她兴高采烈地回到家中。

"乔，亲爱的！"她欢快地喊道，"我找到一个学生了！来自一个非常好的家庭——爱·皮·品克奈将军的女儿，住在第七十一大街。他们的房子真是太漂亮了，那扇大门，我想就是你所说的拜占庭式大门。屋内的陈设豪华至极，我从未见过！"

"我的学生就是将军的女儿克蕾门蒂娜。我一见到她就非常喜欢她，她是个活泼可爱的小精灵，总是穿着白色的衣服，彬彬有礼，纯真质朴，只有十八岁。我每周给她上三次课，每次收费五美元，但我觉得这已经很满足了。如果我再能找到两三个学生，就可以继续去罗森斯托克先生那里学习了。好啦，开心点吧！亲爱的，让我们好好享受晚餐吧。"

"你倒是挺好的，德丽雅。"乔说道，一边用斧子和切肉刀费力地打开一罐青豆，"那我该怎么办呢？你去挣钱，你以为我就能安心学画了吗？我发誓，我做不到！我想我可以去卖报纸、当搬运工，也挣点钱补贴家用。"

德丽雅走过来，温柔地搂住他的脖子。

"乔，亲爱的，你这个傻瓜！你必须坚持学习。我并没有放弃音乐去做其他事情。我在教学的同时也在学习，始终与音乐相伴。每周有十五美元的收入，我们完全可以像百万富翁一样快乐地生活。你千万别想着离开马杰斯特先生。"

"好吧。"乔说道，一边伸手去拿那只扇形的蓝菜碟，"但是，我不想让你去当老师，那毕竟不是纯粹的艺术。你是学习音乐的天才啊！"

"若你对艺术情有独钟，那么任何牺牲都是值得的。"

德丽雅深情地表达。

"马杰斯特先生对我的公园天空素描赞不绝口。"乔兴奋地分享,"丁克尔也同意在我的作品中挑选两幅放在他的橱窗中展示,说不定能遇到愿意慷慨解囊的有识之士呢。"

"我相信,肯定会有人被你的作品吸引的。"德丽雅甜蜜地回应,"多亏了品克奈将军,让我们能尽情享受这美味的烤牛肉!"

随后的一个星期,拉拉比夫妇每天清晨便享用早餐。乔满怀激情地前往中央公园,在晨光中捕捉灵感,速写几幅画作。七点整,德丽雅为他准备好早餐,伴随着拥抱、赞美与亲吻,送他出门。艺术如同迷人的情人,让乔每日沉醉其中,直至傍晚七点才舍得回家。

周末时,德丽雅略显疲惫却满脸自豪,从包中掏出三张五美元的钞票,轻轻放在客厅中央那张尺寸适中的桌子上。

"有时候,"她略带倦意地说,"教克蕾门蒂娜挺费劲的,她课后练习不够,所以我得反复讲解。她总是穿着单调的白色衣服,不过她爸爸很可爱,是个鳏夫,有机会你应该见见他！我和他女儿练琴时，他偶尔会进来看看，捋着他的白胡子，总是问：'十六分音符和三十二分音符学得怎么样了？'"

"乔！你真应该看看他们家客厅的护壁板，还有那些阿斯特拉罕毛呢门帘。克蕾门蒂娜总是咳嗽，希望她的身体能好些，她越来越可爱了，既温柔又有教养。将军的弟弟还曾是驻玻利维亚的大使呢。"

就在这时，乔像基督山伯爵一样，潇洒地掏出一张十美元、一张五美元、一张两美元和一张一美元的钞票，全都是真金白银，轻轻放在德丽雅挣来的钱旁边。

"一个来自皮奥利亚的人买走了我那幅方尖石塔的水彩画！"他激动地宣布。

"别开玩笑了！"德丽雅笑道，"不会真的是从皮奥利亚来的吧？"

"千真万确！有机会你可以见见他，德丽雅。他是个胖子，围着羊毛围巾，嘴里叼着羽毛牙签。他在丁克尔的橱窗里看到了那幅画，起初还以为是架风车呢。他很大方，直接就买下了画，还预订了那幅拉克万纳货运站的油画，准备运回家。看来，我卖画，你教音乐课，艺术还是很有前景的！"

"我很高兴你一直坚持画画。"德丽雅由衷地说，"你一定会有出息的，亲爱的！三十三美元！我们从来没有这么多零花钱，今晚可以好好享受一顿牡蛎大餐了！"

"再加上菲力牛排和蘑菇汁。"乔补充道，"还有橄榄叉！"

又一个星期六的晚上，乔先回到家，把十八美元摊在客厅的桌子上，然后洗去手上的黑色颜料。

半小时后，德丽雅回来了，她的右手被绷带包扎得严严实实。

"怎么回事？"乔关切地问道。德丽雅笑了，但笑容有些勉强。

"克蕾门蒂娜课后想吃威尔士干酪吐司，"她解释道，"她今天很奇怪，下午五点了还要吃。将军也在家，乔！你想象一下，他竟然亲自去拿烘锅，好像家里没有用人一样。克蕾门蒂娜身体不舒服，有些紧张，浇奶酪的时候不小心泼了出来，滚烫的奶酪溅到了我的手上和手腕上，疼死我了！克蕾门蒂娜和品克奈将军都急坏了！将军冲下楼去叫人，可能是烧炉子的或是地下室里的什么人，去药房买烫伤膏和绷带来给我包扎。现在不怎么疼了。"

"这是什么？"乔轻轻地握住她的手，扯了扯绷带下面的几根白线，问道。

"这是涂了烫伤膏的软纱。"德丽雅说，"哦，亲爱的！你又卖掉了一幅画吗？"她注意到了桌子上的钱。

"是的！"乔说，"那个皮奥利亚人今天把他要的车站油画取走了，他还说想买更多的画，目前还不确定，也许还会要一幅公园的油画和一幅哈德孙河的风景画。德丽雅，你下午什么时候烫伤手的？"

"大概是五点钟，"德丽雅难过地说，"熨斗——我是说滚烫的奶酪，大概就是那个时候溅出来的。你真应该看看品克奈将军当时的样子，乔！他——"

"坐下来休息一下，德丽雅！"乔打断她的话。他把她拉到沙发上坐下，把胳膊搭在她的肩上。

"这两个星期来，德丽雅，你到底在干什么？"他严肃地问道。

起初，她还勇敢地坚守着秘密，出于对乔的深情，她固执得有些可爱，含糊其词地继续编造着品克奈将军的故事。但最终，她低下了头，一边哭泣一边坦白了真相。

"我没有招到学生。"她坦白说，"我不忍心看你放弃绘画学习，所以找了一份烫衬衣的工作，就在第二十四大街的那家大洗衣店。我以为我把品克奈将军和克蕾门蒂娜的故事编得天衣无缝，不是吗，乔？今天下午，洗衣店里的一个姑娘的热熨斗烫伤了我的手。回来的路上，我一直在想怎么编那个烘奶酪的故事。你不会生气吧？！乔，如果我没有做这份工作，也许你不能顺利地把画卖给那个皮奥利亚人。"

　　"他不是皮奥利亚人。"乔缓缓地说道。

　　"他是哪里人并不重要。你真聪明，乔，亲亲我吧！乔，你怎么会怀疑我没有给克蕾门蒂娜上音乐课呢？"

　　"今晚之前，我从来没有怀疑过。"乔说，"本来，今晚也不会怀疑的。但是，今天下午，我把机器间的油和废纱头送给了楼上一个被熨斗烫伤手的姑娘。这两个星期以来，我一直在那家洗衣店的锅炉房工作。"

　　"那你没有——"

　　"我的那位买主，自称来自皮奥利亚，"乔笑道，"与品克奈将军一样，他们都是艺术构思的产物，只不过这样的构思，你既不会称其为绘画，也不会称之为音乐。"

两人相视而笑，乔接着说道：

"一旦你深陷于艺术的魅力，任何牺牲都——"德丽雅轻轻地将手覆在乔的唇上，打断了他的话，"别说了，"她温柔地请求，"应该是'当爱情悄然而至'才对！"

财神与爱神

老安东尼·罗克沃尔，罗克沃尔公司的创始人，以生产尤里卡香皂而闻名，如今已退休，安居于第五大道的豪宅中。从书房的窗户望出去，他能清晰地看到右侧的邻居，G. 范·舒利特·萨福克·琼斯，一位贵族俱乐部的成员，正步出家门，一辆汽车已恭候多时。萨福克·琼斯一如既往地对那座肥皂大楼前文艺复兴风格的雕塑表示不屑，神态傲慢。

"那个自以为是的老家伙，至今仍一无所成！"前肥皂业巨头老安东尼嘀咕道，"若不留神，伊甸园博物馆迟早会把这个外国人收容了！明年夏日，我得把房子漆成荷兰国旗的色彩，到时候看他那荷兰鼻子还能翘到哪儿去！"

老安东尼召唤仆人时，从不屑于摇铃。他走到书房门口，大声呼唤："迈克！"那声音洪亮，仿佛仍能震撼堪萨斯大草原的广阔天地。

"告诉少爷，"安东尼对闻声而来的仆人说，"让他出门前先来见我。"

小罗克沃尔走进书房，老人放下手中的报纸，用慈爱而严肃的眼神审视着儿子，面色红润光滑。他一只手揉着乱糟糟的银发，另一只手则在口袋里不停摆弄着钥匙。

"理查德，"安东尼开口道，"你用的肥皂是多少钱买的？"

理查德闻言一愣，他刚毕业不久，父亲总爱出其不意地问他些问题，让他摸不着头脑。

"让我想想，六美元一打，爸爸！"

"那你的衣服呢？"

"大概六十美元。"

"你是个有地位的人，"安东尼断言道，"我听说现在的年轻人都用二十四美元一打的肥皂，穿的衣服都要上百美元。你有的是钱，可以像他们那样消费，但你总是这么规矩，有分寸。我一直用老牌尤里卡肥皂，既是因为习惯，也是因为它纯正。你花十几美分买的肥皂，不过是劣质香料和包装品牌罢了。不过，像你这个年纪的年轻人，有地位，用五十美分一块的肥皂也算不错了。我说过，你是个有地位的人。有人说，三代才能造就一个有地位的人，这是谬言。有钱就行，钱就像肥皂的油脂一样滑溜，能让你瞬间提升地位。我差点也成了那样的人，但我和那两个荷兰邻居一样，举止粗鲁、言语不雅，难以相处。他们两个晚上都睡不着，就因为我把房子买在了他们中间！"

"有钱也不是万能的！"小罗克沃尔阴沉地说。

"别这么说。"老安东尼对儿子的想法感到惊讶，"我一直相信，有钱能使鬼推磨。我几乎在百科全书中查遍了所有事情，还没发现金钱办不到的。下周我还要继续查，我坚信金钱能解决一切。你说说看，有什么东西是钱买不到的？"

"比如说，"理查德愤愤地说，"有钱也不一定能打进某个排外的社交圈子。"

"哦？真的吗？"这个爱财的老人怒吼道，"告诉我，如果首批阿斯特人没钱买统舱船票来美国，那个排外的社交圈子又会在哪儿？"

理查德叹了口气。

"我要和你谈的正是这件事。"老人语气缓和地说,"就是因为这个才叫你来的。最近你有些不对劲,孩子。我观察你两个星期了,说说吧。我想,不算房地产,我能在二十四小时内调动一千一百万美元的现金。如果你心里有鬼,我可以在海湾里找到'漫步者号',燃料已经备足,两天就能送你到巴哈马群岛去度假。"

"你猜得不错,爸爸!差不离了!"

"哦?"安东尼急切地问,"她叫什么名字?"

理查德开始在书房里踱步,面对父亲如此关心和理解,他觉得无法再隐瞒。

"为什么不直接告诉她呢?"老安东尼追问道,"她肯定会立刻接受你。你有钱、帅气、正派、清白,从没沾过一点铜臭味。你还上过大学,虽然她可能不会在乎这一点。"

"我一直没找到机会!"理查德说。

"机会可以创造,"安东尼说,"带她去公园散步,或者骑马出游,或者做完礼拜送她回家。要找机会,轻而易举!"

"你不懂现在的社交圈，爸爸。她是圈子里的头号人物之一，她的每一小时、每一分钟都已经被安排得满满当当。爸爸，我一定要得到那个姑娘，否则这个城市会让我陷入困境，无法自拔。我不能写信表白，那样做不行！"

"啧啧！"老人说，"你是想告诉我，凭我的全部钱财作为后盾，还不能让一个姑娘陪你一会儿吗？"

"我拖得太久了。后天中午，她就要乘船去欧洲，一去就是两年。明天晚上，我只有几分钟的时间能与她相处。现在她住在拉齐蒙特的姨母家，我不能去那儿。她同意我明天晚上坐马车去中央火车站接她，她乘的火车八点半到站。然后我们会一起乘马车去百老汇街的沃拉克剧院，她妈妈和一些亲戚朋友在剧院休息室等我们。我只有六一八分钟的时间，她不可能有时间听我表白！在剧院里或者戏剧结束后，我更不可能有机会。你看，这不是金钱能解决的问题。爸爸，用钱甚至买不到一分钟的时间！如果能买到时间，那些有钱人真的可以长生不老了。唉！在兰特里小姐离开这个城市之前，我是不可能有机会与她好好谈谈了！"

"好了，孩子，去俱乐部放松一下吧！"老安东尼满脸喜悦地催促道，"真是太好了，你的健康没问题。但记住，要常去神庙拜拜财神，祈求他赐予你财富。你总说金钱买不到时间，没错，时间当然不能标价出售，也无法邮寄到家。但我曾目睹时间老人在金矿边徘徊，脚步因沉重而变得迟缓！"

当夜，埃伦姑妈前来探望安东尼。她情感丰富，性情温婉，脸上布满了岁月的痕迹，谈及财富时总是感慨万千，仿佛被其重压所困。安东尼正在阅读晚报时，姑妈进门，两人的话题随即转向了理查德寻找伴侣的事情。

"他已经把所有事情都告诉我了，"安东尼打了个哈欠，说道，"我告诉他，他可以随意使用我在银行的存款。起初他对金钱很排斥，认为金钱并非万能。还说什么，即便是十个百万富翁联手，也无法改变社会的规律。"

"哦，安东尼，"埃伦姑妈叹息道，"我觉得你也不必过分高估金钱的力量。在感情面前，财富显得微不足道，爱情才是至高无上的。如果理查德早点开口就好了！她应该不会拒绝他的，但现在可能太迟了，他连表白的机会都没有。即便你拥有再多的金钱，也无法为儿子买来幸福！"

次日晚上八点，埃伦姑妈从一个布满蛀痕的盒子里取出一枚古朴的金戒指，递给了理查德。

"孩子，今晚戴上它！"她恳切地嘱咐道，"这是你母亲托付给我的戒指。她说这枚戒指能带来好运，让我在你找到心上人时交给你。"

小罗克沃尔恭敬地接过戒指，试戴在小指上，但戒指只滑到了第二指节便无法再进。他取下戒指，按照男性的习惯，将其放入了坎肩的口袋里。随后，他拨打了马车的电话。

八点三十二分，在火车站熙熙攘攘的人群中，他接到了兰特里小姐。

"我们不能让妈妈和其他人等太久了！"她催促道。

"去沃拉克剧院，越快越好！"理查德顺从地吩咐车夫。

马车飞速驶过第四十二街，向百老汇大街前进，然后穿过灯火辉煌的小巷和昏暗的绿草地段，最终抵达了一个灯火通明、高楼林立的区域。

到达第三十四街时，理查德推开车门，让车夫停车。

"我掉了一枚戒指，"他边下车边解释道，"那是我母亲的遗物，不能弄丢。我很快就会找到它，我知道它掉在哪里了！”

不到一分钟，他就找到了戒指，重新坐回了马车里。

突然，一辆城区电车停在了马车前方，车夫急忙向左拐，却又被一辆邮车挡住了去路。他又试图向右拐，但一辆搬运家具的马车突然出现在那里，车夫不得不后退。然而后退也无处可去，他干脆丢下缰绳，开始破口大骂。他被一堆乱七八糟的车辆和马匹困住了。

在大城市中，交通堵塞并不罕见，有时会突然中断城市的商业和交通。

“为什么不走了？”兰特里小姐不耐烦地问道，“我们要迟到了！”

理查德站起身来，环顾四周，只见百老汇大街、第6大街和第34大街的交叉口被各种货车、卡车、马车、厢式货车和有轨电车堵得水泄不通。更有甚者，还有车辆不断从各个方向飞速驶来，使得原本就混乱的车阵、马阵更加难以解脱。喧嚣吵闹声中不断增添新的咒骂声和吼叫声，仿佛整个曼哈顿的车辆都聚集到了这里。人行道上挤满了看热闹的纽约人，其中年长者也未曾见过如此壮观的交通堵塞。

"实在抱歉！"理查德重新坐下来说道，"看样子我们被堵死了。一个小时内，这场拥堵恐怕无法缓解。都怪我不好，如果我没有弄丢戒指的话……"

"把戒指给我看看吧，"兰特里小姐说道，"既然无计可施，我也就不在乎了。其实，我觉得看戏挺无聊的！"

那天晚上十一点钟，有人轻轻敲响了安东尼·罗克沃尔的房门。

"进来！"安东尼喊道。他身穿一件红色睡衣，正在阅读一本海盗冒险小说。

埃伦姑妈走了进来，她宛如一位被误留人间的白发天使。

"他们订婚了，安东尼！"她轻声说道，"她答应嫁给我们的理查德了！在去剧院的路上遇到了交通堵塞，两个小时后他们的马车才脱困。"

"唉，安东尼弟弟，以后别再吹嘘金钱万能了！一枚象征真挚爱情的小戒指，其情深义重，金钱难以衡量。我们的理查德正是靠着这枚戒指找到了真正的幸福。他在半路上弄丢了戒指，下车又找到了。在他们重新出发时，又遇到了交通堵塞。正是在这段拥堵的时间里，他向她表白了爱意，赢得了她的芳心。与真挚的爱情相比，金钱简直微不足道，安东尼！"

"那就好，"老安东尼说道，"我真高兴孩子找到了他的心上人。我告诉过他，为了他的幸福，我愿意付出任何代价……"

"不过，安东尼弟弟，在这件事上，你的金钱又起到了什么作用呢？"

"姐姐，"安东尼·罗克沃尔说道，"我书中的海盗正处于危急关头，他的船刚被凿沉。他深知金钱的分量，绝不会让它轻易沉没。我希望你能让我把这章读完。"

次日，一名自称凯利的男子造访了安东尼·罗克沃尔的家，他双手泛红，佩戴着一条点缀着蓝点的领带。安东尼在书房接待了他。

"哟，"安东尼边说边伸手去拿支票本，"你策划的这出肥皂剧真是精彩绝伦！瞧，你已经收到了五千美元的现金。"

"我自己还额外垫了三百美元呢，"凯利说道，"预算有点超支，因为几乎每辆邮车和马车我都得付五美元，但卡车队和双马车队的要价涨到了十美元。电车司机要十美元，满载货物的则要二十美元。警察敲得最狠，有两个人要了五十美元，其他人都是二十或二十五美元。不过，效果真的很棒，罗克沃尔先生！幸好著名的剧院经理威廉·阿·布雷迪没看到那场车辆外景，否则他得嫉妒得要命！还没有彩排过，但大家都准时到达，一秒不差。交通堵塞得严严实实，整整两个小时，连格里利塑像下都挤不进一条蛇去。"

"凯利，再给你一千三百美元，"安东尼撕下一张支票递给凯利，"其中一千美元是你的报酬，三百美元是你垫付的。你不会也看不起金钱吧，凯利？"

"我？"凯利说道，"我真想揍那个制造贫穷的混蛋！"

当凯利走到门口时，安东尼又叫住了他。

"你有没有注意到，"他问，"在那个交通堵塞的地方，有个光着身子的胖小子，手里拿着弓箭四处乱射？"

"啊？没有啊！"凯利一脸困惑地回答，"我没看到。如果真有那么回事，可能我还没到那里，警察就已经把他抓走了。"

"我本来以为，那个小捣蛋鬼不会出现的。"安东尼咯咯笑道，"再见，凯利！"

证券经纪人的浪漫爱情

皮彻，作为经纪人哈维·麦克斯韦尔办公室中的机要秘书，于上午九点半时，目睹了他的上司在一位年轻女速记员的陪伴下，步伐轻快地步入办公室。这一场景让皮彻那张平日里毫无波澜的脸庞，不禁流露出一丝惊讶。麦克斯韦尔随口抛出一句，"早上好，皮彻"，随后便如同离弦之箭，直奔办公桌而去，仿佛意欲一跃跨过桌面，深埋于那堆积如山的信件与电报之中。

这位女速记员已伴随麦克斯韦尔度过了一载春秋。她的美貌远非速记员的简单笔触所能描绘，没有浮夸的发型，不佩戴任何项链、手镯或吊坠，脸上也未见那种随时准备接受午餐邀约的傲慢神气。她身着灰色套装，简约而合身，展现出一种大方而庄重的气质。她头戴一顶整洁的黑色无边帽，帽上插着一根金绿色的金刚鹦鹉羽毛。今日，她显得格外温柔羞怯、容光焕发，眼眸明亮，脸颊晶莹剔透，脸上洋溢着幸福的笑容，似乎还沉浸在某种美好的回忆之中。

皮彻心中好奇，今日他察觉到她的举止有些异样。她并未直接步入隔壁的办公桌，而是在外间办公室徘徊，显得有些犹豫不决。当她走近麦克斯韦尔的办公桌时，距离之近，足以让他感受到她的存在。

坐在办公桌前的麦克斯韦尔，并非凡人，而是一位忙碌的纽约证券经纪人，一台完全由嗡嗡作响的齿轮和紧绷的发条驱动的机器。

"哦，有事吗？"麦克斯韦尔问道，语速飞快。那些摊开的邮件，如同舞台上制造的假雪，堆积在他那杂乱无章的办公桌上。他那敏锐的灰色眼睛，冷淡而粗暴，不耐烦地向她瞥了一眼。

"没事。"速记员回答道，随后微笑着离开。

"皮彻先生，"她对机要秘书说道，"麦克斯韦尔先生昨日是否提及过聘请另一位速记员的事宜？"

"他确实提过，"皮彻回答道，"他吩咐我再招一人。我昨天下午已通知职业中介，让他们今日上午选派几人前来面试。此刻已是九点四十五分，却未见一个戴着阔边帽或嚼着菠萝口香糖的人出现。"

"那么，我将继续履行我的职责，"年轻女士说道，"直至有人接替我的位置。"她随即走向自己的办公桌，将那顶镶有金绿色金刚鹦鹉羽毛的黑色无边帽挂在了老地方。

若非目睹曼哈顿经纪人在业务繁忙时的紧张状态，便无资格进行人类学研究。某位诗人曾歌颂"辉煌生活中的繁忙时刻"，但实际上，证券经纪人的日程不仅繁忙，他的每一分每一秒都被安排得满满当当，如同拥挤车厢中的拉手吊带，每一根都被拉得紧绷绷的。

今日，哈维·麦克斯韦尔又迎来了一个忙碌的日子。股票行情收录器开始断断续续地吐出一卷卷纸带，桌上的电话铃声此起彼伏。人们纷纷涌入办公室，隔着栏杆向他呼喊，有人欣喜若狂，有人尖酸刻薄，有人心怀怨恨，有人激动不已。送信的小厮拿着信件和电报跑进跑出。办公室里的职员如同暴风雨中的水手，跳来跳去。就连皮彻的脸庞也舒展开来，变得生动活泼。

在证券交易所中，风云变幻，如同飓风、山崩、暴风雪、冰川和火山等自然界的巨变，在经纪人的办公室里得到了微观的再现。麦克斯韦尔将椅子推向墙边，熟练地处理着事务，如同芭蕾舞演员踮着脚尖跳舞一般。他从收录器跳到电话机，从办公桌跳到门口，动作敏捷灵活，如同一位训练有素的滑稽小丑。

正当业务繁忙、紧张加剧之际，他突然注意到了一头高耸的金发，上面戴着一顶微微颤动的鹅绒帽和鸵毛羽饰，还有一件人造海豹皮短外衣，一串几乎垂到地板的山核桃大的珠子项链，以及一个银鸡心吊坠。这一身华丽的装扮，正是眼前这位沉着镇定的年轻女子所拥有的。皮彻正准备为她引荐并解释。

"这位女士是职介所推荐来的，想了解一下速记员的职位。"皮彻说道。

麦克斯韦尔半转过身来，手中拿满了纸张和股票行情纸带。他皱着眉头问道："应聘什么职位？"

"速记员的职位。"皮彻回答道，"你昨天吩咐我给他们打电话，让他们今天早上派人来面试。"

"你糊涂了吧？皮彻，"麦克斯韦尔说道，"我为何要给你这样的指示？莱斯利小姐在这里工作的一年，表现相当出色，我非常满意。只要她愿意，这个职位就是她的。这里没有空位了，女士。皮彻，跟职介所取消那个申请，让他们别再推荐人来了。"

戴着银鸡心吊坠的女士愤愤不平，大摇大摆地离开了办公室，撞得家具噼啪作响。皮彻趁机对前面的速记员说，这位老先生似乎越来越心不在焉，怕是患上了健忘症。

业务不断增多，节奏越来越快。麦克斯韦尔的客户都是重量级投资者，他们投资的六七种股票正在狂跌不止。买进和抛出的单据来来去去，疾如飞燕。他个人持有的一些股票也面临风险。在工作时，他就像一台高速运转、精密复杂、强壮有力的机器——绷紧了弦，全速前进、坚决果断、措辞贴切、决策恰当、瞅准时机、精准无误。股票、债券、贷款、抵押、保证金和有价证券，这些构成了一个金融的世界，在这个世界里，人类世界或自然世界几乎没有立足之地。

随着午餐时间的临近，喧嚣暂时平息。

麦克斯韦尔矗立在书桌边，双手紧握电报与备忘录，右耳上还夹着钢笔，凌乱的发丝垂落在前额。他的窗户敞开着，因为那心爱的季节使者——春天，已从大地中醒来，带来丝丝暖意。

从窗外飘入一缕难以捉摸的，或许是令人陶醉的——香气，那是淡淡的、甜蜜的丁香花味，让经纪人瞬间凝固。这香气仿佛莱斯利小姐的化身，独特而清新，将她活生生地带到他面前，仿佛触手可及。金融世界在那一刻缩小成了一个微小的点，而她就在隔壁，仅二十步之遥。

"天哪，我这就去。"麦克斯韦尔低声自语，"我现在就向她求婚。我真不明白自己为何早未行动！"

他猛地冲进内室，如同急于补仓的做空者，迫不及待地冲向速记员的办公桌。

她抬起头，微笑着看向他，脸颊泛起柔和的粉红，眼神温柔而坦诚。麦克斯韦尔将一只胳膊肘搁在办公桌上，双手依旧紧握着文件，钢笔还夹在耳朵上。

"莱斯利小姐，"他急切地说，"我只有片刻时间，想趁此机会问你一件事。你愿意嫁给我吗？我无法像常人那样与你慢慢恋爱，但我真的爱你。请快告诉我。他们又在疯狂抢购太平洋联合公司的股票了！"

"哎呀，你在说什么呢？"她站起身，瞪大眼睛看着他。

"你还不懂吗？"麦克斯韦尔焦急地说，"我要你成为我的妻子。我爱你，莱斯利小姐。我本想早点告诉你，现在手头事情稍减，就赶紧过来了。又有人打电话找我。皮彻，让他们等等。你愿意吗，莱斯利小姐？"

速记员的反应出乎意料。起初，她似乎惊愕万分；随后，泪水从惊讶的眼中涌出；紧接着，她绽放出灿烂的笑容，温柔地搂住经纪人的脖子。

"我现在明白了。"她轻声说，"一定是这里的繁忙让你忘记了。刚开始我还吓了一跳呢。哈维，你难道不记得了吗？昨天晚上八点，我们已经在街角的小教堂举行过婚礼了呀！"

姑　娘

962号房间装有一扇磨砂玻璃门，门面上镶嵌着几个耀眼的镀金大字："罗宾斯与哈特利，经纪业务"。时近傍晚五点，员工们纷纷下班离去，而女清洁工们则如一群获得殊荣的佩尔什马，步伐沉稳而坚定，铿锵有力地涌入这座被云雾缭绕的二十层办公大厦。窗户半掩，一股温热的气流涌入室内，其中夹杂着柠檬皮、煤烟以及机油的混合气味。

罗宾斯，这位年近五旬、略显油腻的中年男子，身材略显富态，衣着花哨，对首演充满热情，钟爱高档酒店的棕榈房。此刻，他正半开玩笑地表达着对搭档哈特利郊外生活的羡慕。

他说道："今晚真是闷热难耐，该做些什么好呢？你们这些住在郊外的人真是幸福，可以坐在门廊下，聆听蝈蝈的鸣叫，赏月品酒，尽情享受大自然的怀抱。"

哈特利，年仅二十九岁，面容瘦削而英俊，性格严肃。他心事重重，不禁叹了口气，眉头紧锁。

"确实如此。"他回应道，"不过，弗洛尔赫斯特的夜晚可是冷得刺骨，尤其是到了冬天。"

这时，一个神秘人物悄然走进房间，径直向哈特利走去。

"我已经查到了她的住处。"这位侦探得意扬扬地宣布，声音略显洪亮，瞬间吸引了所有人的目光。哈特利面色一沉，怒视着侦探，后者立刻噤声。此时，罗宾斯拿起手杖，调整好领带夹，优雅地点了点头，便去享受他的都市夜生活了。

"这就是她的地址。"侦探见众人注意力转移，神情变得自然起来。

他掏出一个破旧的小本子，哈特利撕下一张纸，上面用铅笔写着："薇薇恩·阿灵顿，东大街341号，邮件可由麦克默斯太太代收。"

"她是一个星期前搬到那里的。"侦探补充道，"现在，哈特利先生，如果你还想继续跟踪她，我可以保证，在这个行业里，我的能力毫不逊色。我会做得干净利落，不留痕迹。每天只需七美元，其他费用另计。我可以每天给你发送一份详细的报告，内容包括——"

"够了，"哈特利打断了他，"我不需要这些。我只要这个地址。我该付你多少钱？"

"一天的费用，"侦探回答，"十美元就够了。"

哈特利付了钱，打发走了侦探。随后，他离开办公室，搭乘了一辆前往百老汇的车。在穿越城市的主干道上，他换乘了一辆向东行驶的汽车。当车辆驶入一条破旧的大街时，他下了车。这条大街两旁的建筑古老而陈旧，见证了这座城市昔日的辉煌。

穿过几个广场后，他来到了目的地——一栋新建的平房前。这栋房子的廉价石门上刻着醒目的名字"瓦朗布洛萨"。消防通道沿着房屋正面蜿蜒而下，两旁堆满了家庭用品和晾晒的衣物，还有一群孩子在嬉闹。在这堆杂物中，不时有一株苍白的橡胶树探出头来，仿佛在询问自己的归属。

哈特利按响了麦克默斯家的门铃。门闩咔嗒作响，终于缓缓打开——开门的人既热情又略带疑虑，仿佛在辨别门外的是友还是敌。哈特利走进屋内，爬上楼梯。在这栋城市平房里，找人同样需要爬楼梯——这感觉就像一个男孩爬上苹果树，寻找心仪的苹果。

到达四楼后，他看见薇薇恩站在一间敞开的房间里。她微笑着点头致意，热情而真诚地邀请他进屋。她搬来一张椅子放在窗户旁，请他坐下，而自己则优雅地靠在一堆被罩住的家具旁。这些家具在白天显得神秘莫测，到了晚上则像审讯室的拷问台一样截然不同。

在开口之前，哈特利迅速用敏锐而欣赏的目光打量了她一番。他在心中暗想，自己的选择果然完美无瑕，从未出过差错。

薇薇恩大约二十一岁，是典型的撒克逊美女。她拥有一头红彤彤的头发，整齐地盘在头上，每一根都散发着光泽和精致；她的肌肤如象牙般洁白无瑕；深邃的海蓝色眼睛仿佛美人鱼或山间小精灵一般交相辉映；她的神情天真无邪、平静从容。她的身材健壮而匀称；神情优雅而自然。从身材轮廓和肤色来看，她兼具北方人特有的清朗、坦率和热带地方人的慵懒、悠然、心满意足、无忧无虑，以及安逸自在的气质。她的呼吸均匀而深长。真是一个神清气爽的女子！她就像是大自然精心雕琢的杰作，又像一朵珍稀的花朵，更像一只屹立在灰鸽群中的白鸽：美丽而纯净，让人忍不住心生欢喜。

她身着一袭黑裙，腰间系着一条白色腰带——这种装扮就像是在参加化装舞会一样，时而化身天鹅姑娘，时而又成为公爵夫人。

"薇薇恩，"哈特利恳求地望着她说道，"你没有给我回信。我找了你将近一个星期，才知道你搬到了这里。你应该知道我有多么迫切地想要见到你，多么期盼你的回信。你为什么要让我如此焦急呢？"

姑娘望着窗外，仿佛从梦中惊醒一般。

"哈特利先生，"她迟疑地说道，"我不知道该对你说些什么。我完全明白你所提之事的益处。有时候我也在想：和你在一起，我一定能心满意足。但我担心的是，出生在城市里，我害怕自己不太适应安静的郊区生活，也害怕被束缚在那里。"

"我的挚爱！"哈特利满怀激情地呼唤道，"我不是曾向你承诺，只要力所能及，你心中所愿，我必竭力满足吗？你随时可以进城享受戏剧、购物或与友人相聚的乐趣。你应当信赖我，对吗？"

"我全然信任你。"她微笑着回应，目光中流露出真挚与坦诚，"我深知你的善良，能成为你生命中的女子，定是无比的幸运。在蒙哥马利家的时光里，我便已深知你的品性。"

"啊哈！的确如此。"哈特利眼中闪烁着温柔的光芒，回忆涌上心头，"我清晰地记得，在蒙哥马利家的那个夜晚，我初次见到你，蒙哥马利夫人整晚都在夸奖你。但她对你并不公平，那晚的晚餐我永生难忘。薇薇恩，答应我吧！我需要你！与我共度余生，你将永不后悔，我对你一心一意。我会为你打造一个舒适愉悦的家！"

姑娘轻叹一声，低头凝视着交叠的双手。

哈特利心中突生醋意。

"告诉我，薇薇恩，"他热切地凝视着她，继续追问，"你是否还心系他人——还有别人吗？"

她的脸颊与脖颈渐渐泛起了红晕。

"你不该问这个，哈特利先生。"她略显困惑地回答，

"但我必须告诉你，确实有那么一个人，但他并无资格，我并未给他任何承诺。"

"他叫什么名字？"哈特利厉声质问。

"汤森。"

"拉福德·汤森！"哈特利惊呼道，下巴紧绷，脸色拉长，"他怎会知晓你在此？我为他付出了那么多——"

"他来了，他的车刚停在下面。"薇薇恩望向窗外，"他是来寻求我的答复的。糟糕，我不知该如何是好！"

厨房的门铃响起，薇薇恩惊惶失措地按下了门闩。"留在这里，"哈特利吩咐道，"我去楼道里会会他！"

汤森身着浅色花呢衣裳，戴着巴拿马草帽，卷曲的黑胡子让他看似一位西班牙人。他快步走上楼梯，一见到哈特利，便愣住了，显得有些傻气。

"回去。"哈特利斩钉截铁地说，食指指向楼下。

"嘿！"汤森假装惊讶，"有什么事吗？老伙计，你怎么会在这里？"

"回去。"哈特利坚定地重复道，"这是丛林法则，胜者为王。你不想被撕成碎片吧？这是我的地盘！"

汤森鼓起勇气说："我来这里是想找个水管工，谈谈浴室水管的问题。"

"别扯了。"哈特利说，"谎话连篇，你不怕舌头被割掉吗？算了，滚吧。"汤森骂骂咧咧地下了楼。哈特利继续他的恳求。

"薇薇恩，"他老练地说，"我一定要得到你！我再也受不了拒绝和拖延了！"

"你什么时候需要我？"她问。

"现在，马上！你准备好我们就走。"

她平静地站在他面前，直视他的眼睛。

"但你想过吗？"她说，"海洛伊丝还在的时候，你确定我会进你的家门吗？"

哈特利像被打了一记闷棍，语气顿时软了下来。他双臂交叉，在地毯上踱步。

"她必须马上走。"他狠狠地说，额头上渗出了汗珠，"我为什么要让那个女人把我的生活搅得一团糟？自从她来以后，我一天都没开心过。你说得对，薇薇恩。在带你回家之前，我必须把海洛伊丝送走，她必须走！我已经下定决心，一定要把她赶出家门！"

"你什么时候能送走她？"姑娘问道。

哈特利咬紧牙关，皱起眉头。

"今天晚上。"他坚决地说，"我今晚就送她走。"

"那么，好吧！"薇薇恩说，"我答应你！你什么时候送走了她，再来接我去你家！"

她看着他的眼睛，神情真挚而温柔。哈特利简直不敢相信自己的耳朵，没想到薇薇恩的回答如此痛快、果断。

"答应我，"他深情地说，"一言为定。"

"我发誓，一言为定！"薇薇恩轻声重复道。

在门边，他再次转过身来，满心欢喜地望着她。心中仍有些担忧，幸福来得太突然，该不会是空欢喜一场吧？

"明天，不见不散！"他说着，举起食指提醒她。

"嗯，不见不散！"她微笑着重复道，真诚而坦率。

一小时四十分钟后，哈特利抵达了弗洛尔赫斯特火车站。他步履轻盈地走了约十分钟，来到了一幢漂亮的两层小楼前。这栋房子坐落在修剪得整齐漂亮的草坪上。走到半路时，一个扎着乌黑辫子、身着飘逸白裙的女人突然抱住了他，勒得他几乎喘不过气来。

他们一同走进大厅，那女人说道：

"妈妈来了，半小时后有车来接她。她来这里吃晚饭，但没人做饭。"

"有件事我要告诉你。"哈特利说，"我本只想悄悄告诉你，但既然你妈妈在这里，我们就大声说出来吧！"

他弯下腰，在她耳边低语了几句。

他的妻子尖叫起来，她妈妈闻声冲进大厅。那黑头发的女人又尖叫了一声——那是深受宠爱的女人的欢快尖叫。

"噢，妈妈！"她欣喜若狂地喊道，"太好了！薇薇恩要来给我们做饭了！就是在蒙哥马利家工作了一整年的薇薇恩！"

"现在，比利，亲爱的！"她果断地说，"你必须马上去厨房把海洛伊丝开除掉，她又醉了一整天！"

君欲何求

当夜色温柔地覆盖在那座宏伟且迷人的都市——地铁穿行的巴格达之上时，夜晚的魔力并不仅限于阿拉伯半岛的怀抱。西方那座浪漫之城，其街道、集市与房屋各具特色，吸引着志趣相投的人们聚集其中。我们那位已故的老友，H. A. 拉希德先生，曾对此情此景抱有浓厚的兴趣。尽管他们身着的服饰与拉希德在古老巴格达所见的最新潮流相隔千余年，但衣裳下的灵魂依旧未变。透过他们虔诚的目光，不难捕捉到小驼背、水手辛巴达、裁缝菲特巴德、绝美的波斯人、独眼的游方僧侣、每个街角都潜藏着的阿里巴巴与四十大盗、理发师及其六兄弟，以及所有阿拉伯古老帮派的影子。

且听我细细道来。

老汤姆·克劳利，一位名副其实的哈里发（伊斯兰领袖的尊称），坐拥四千两百万美元的优先股与债券，稳固而可靠。在这个时代，若想被尊称为哈里发，财富是必不可少的。拉希德所经营的传统哈里发企业已不再安全，倘若你在集市、土耳其浴室或小巷中贸然打听他人的私事，警察将毫不留情地将你逮捕，法庭也将对你严惩不贷。

老汤姆对俱乐部的欢愉、剧院的乏味演出、餐馆的暴饮暴食、狐朋狗友的聚会，以及那单调乏味的音乐、无休止的金钱追求和一切奢华生活都感到了厌倦。这些，正是成为哈里发的必要条件——你必须对金钱所能购买的一切不屑一顾，转而追求那些金钱无法触及的宝贵之物。

"我欲独自漫步于城中，"老汤姆心想，"看看是否能寻得些许新意。让我想想，记得书中曾述，某位国王或卡第夫伟人，常戴假须，游历四方，与陌生人相会。这主意听起来颇为有趣。对于那些我所熟悉的人，我已然感到乏味，甚至有些审美疲劳。那位卡第夫伟人在遇到他们时，总是慷慨解囊，帮助他们解决困难，或是资助他们成婚，或是在政府中谋得一职。如今，我也来效仿一番。每月，各大杂志都会追问我的财富来源，我的钱财清白无瑕。今晚，我便要行卡第夫之事，看看会有何不同。"

于是，老汤姆·克劳利身着简朴，离开了麦迪逊大街的豪宅，先向西行，后转向南。他踏上人行道的那一刻，仿佛在所有被魔法笼罩的城市中心，命运的丝线被悄然牵动。二十个街区之外，一个年轻人瞥了眼墙上的时钟，穿上外套，准备出门。

詹姆斯·特纳，在第六大道的一家小型帽子清洁公司工作。那里，推门即响铃声，提供当日或两日可取的帽子清洁服务。詹姆斯整日站在一台电动机器前，操作着它，那机器飞速旋转着帽子，令人眩晕，仿佛品尝了最醇厚的香槟。

或许你会对一个陌生人的外貌产生好奇，尽管这有些唐突，但无妨，让我为你大致描绘一番。他体重约一百一十八磅①，肤色白皙，浅色头发下藏着一颗聪慧的头脑，身高五点六英尺②，约二十三岁，身着一套价值十美元的蓝绿色哗叽套装，口袋里揣着两把钥匙和六十三美分的

---

① 1磅约等于0.454千克。

② 1英尺约等于0.3048米。

零钱。

这描述听起来或许像是一份寻人启事，但请勿误解！

天呐！

詹姆斯整日站立工作，双脚疲惫不堪，极易受伤。它们整日烧灼、刺痛，给他带来了无尽的痛苦与不便。然而，他每周挣得十二美元，无论双脚能否支撑，他都需要这笔钱来维持生计。

幸福之于你我，各有定义，而詹姆斯·特纳对幸福也有着自己的理解。你们或许钟爱游艇、汽车、环游世界、观光旅游，以及向野禽投掷硬币的乐趣。而我，则梦想在傍晚时分，抽一斗烟，看着獾、响尾蛇和猫头鹰陆续归来，在它们共同的草原家园中嬉戏。

而詹姆斯·特纳的幸福观则与众不同。那是他的独特见解，他有权如此认为。工作结束后，他便会直接回到租住的房屋，享用着小牛排、贝西麦土豆、烤苹果（非炖煮），以及菊苣汁的晚餐。餐后，他便会上到五楼后的厅堂，脱下鞋袜，将灼痛的脚底放在冰冷的铁床上，阅读克拉克·罗素的海上冒险故事。当刺痛的脚板接触到冰凉的金属时，那种美妙的感觉瞬间涌遍全身，一天的疲惫都烟消云散，只留下无尽的轻松与愉悦。这便是他夜晚的幸福所在。在阅读他钟爱的小说时，他仿佛成了一位快乐的国王，大海与航海员的冒险经历是他唯一的精神食粮。在这个世界上，没有哪个百万富翁能比詹姆斯·特纳更加幸福。

当詹姆斯下班离开帽子清洁店，步行三个街区回家时，他总会特意去街边的一个旧书摊看看。在那里，他曾不止一次以半价购得克拉克·罗素的平装版书籍。

他弯下腰，像个老学究一样仔细翻阅着那些杂乱无章的旧书。此时，哈里发老汤姆恰好悠闲地走过。凭借二十多年制造洗衣皂的经验（无需包装纸）和那双敏锐的眼睛，他一眼便看出这位贫穷的书呆子正是他一直在寻找的合适对象。他走下通向人行道的两级矮石阶，不假思索地与这位即将受到他慷慨资助的年轻人攀谈起来。起初，他只是打了个招呼，试探性地问了几句。

詹姆斯·特纳一手拿着《旧衣新裁》，一手拿着《疯狂的婚姻》，冷冷地抬起头，望着老汤姆。

"走开！"他说，"我不想买什么晾衣架，也不想买新泽西州汉基波的地皮。走开，别打扰我，去玩你的泰迪熊吧。"

哈里发无视了帽匠的无礼态度，对年轻人说道："我注意到你对知识的渴求，学习确实是世间难得的乐事。我虽学识浅薄，却对有学问之人满怀敬意。我来自西部，那里的人们更关注眼前的事实。虽然我可能无法理解你手中书籍的深意，但我很高兴看到有人能领略其中的奥秘。我身价约四千万美元，财富不断增长，事业蒸蒸日上，专门生产帕蒂姨妈银肥皂，这项工艺正是我发明的。经过三年研发，我成功找到了氯化钠溶液与氢氧化钾的凝固配比，从而顺利生产肥皂。肥皂生意为我赚得了九百万美元，其余财富则来自玉米和小麦期货。现在，我发现你对文学充满热情，我想资助你去世界顶尖大学深造，游历欧洲和世界各地的画廊，并最终助你创立一番事业。你不必局限于肥皂行业。从你朴素的装扮中，我看出你并不富裕，这样的机会千载难逢，我相信你不会拒绝。那么，你打算何时开始呢？"

年轻人转头看向老汤姆，眼神中透露出纽约人特有的冷漠与怀疑，仿佛将审判权交予了波斯王的忠臣哈曼，其中还夹杂着自卫、挑衅、好奇、蔑视，以及对友情的渴望，尽管这种渴望在陌生人面前必须隐藏。在新巴格达，为了生存，人们必须时刻保持警惕，对周围的人和事都要了如指掌，因为人心难测。

詹姆斯·特纳对哈里发说道："喂，迈克！你是干什么的？卖鞋带的吗？我什么都不买。你最好识相点，赶紧走开。别拿你那些破自来水笔、金边眼镜或信托公司的证券来烦我，我不会买你的任何东西。难道我看起来像是个从螺旋大厅消防通道溜下来的傻瓜吗？你脑子有问题吗？"

哈里发用纯正的哈鲁尼语回答道："我说过，我拥有四千万美元的家产，我不想死后把钱都带进棺材，我想用它做些善事。我看到你在寻找文学作品，我想帮助你。我已经给传教协会捐了两百万美元，但只得到了一张收据。现在，你就是我想培养的那种年轻人，我想看看金钱的力量！"

那天晚上，詹姆斯·特纳在旧书摊上未能找到克拉克·罗素的书，脚上的疼痛和酸楚并未让他的脾气有所收敛。他虽只是一名普通的帽子清洁工，但气势却不输任何一位哈里发。

"嗨，你这个老骗子！"他愤怒地喊道，"快走开！我不知道你在耍什么花样，是不是想用假钞换我的真钱？我没那么多钱，但我的拳头可是很硬的，如果你不走，小心挨揍！"

"你真是个无耻的小混混！"哈里发回击道。

话音刚落，詹姆斯便一拳重重打在哈里发身上，老汤姆则抓住他的衣领，回敬了三脚。两人随即扭打在一起，书架被掀翻，书籍散落一地。警察闻讯赶来，一手抓住一个人的胳膊，将他们扭送到最近的警察局。

"打架斗殴，扰乱治安！"警察对治安警官说道。

"三百美元保释金。"警官语气坚定地说道，但又似乎对两人能否掏出这么多钱表示怀疑。

"我只有六十三美分。"詹姆斯·特纳苦笑着说道。

哈里发搜遍了全身口袋，只找到了一些小面额的钞票和零钱，总共只有四美元。

"我有四千万美元。"他说道，"可是——"

"把他们关起来。"警官命令道。

在牢房里，詹姆斯·特纳躺在小床上沉思。"也许他真的有钱，也许没有。但不管他有没有钱，他为什么要干涉别人的事情呢？如果一个人知道自己想要什么，并且能够拥有它，那对他来说，不就相当于拥有了四千万美元吗？"

这时，他突然想到了一个好主意，脸上露出了喜悦的神情。他脱下袜子，把简易床拉到门边，舒服地伸了个懒腰，把两只灼痛的脚放在冰冷的铁栅门上。他感觉到床毯子下面有个硬硬的东西硌着他的肩膀，于是伸手一摸，抽出一本平装的克拉克·罗素小说《水手的心上人》，他心满意足地长叹了一声。

不久，看守来到他的牢房，对他说："喂，孩子，那个和你打架的老家伙看来还是个有来头的人。他给他的朋友们打了电话。现在他在办公室，抱着一堆像卧铺车厢枕头那么大的旧书。他想保释你，让你出去见他。"

"告诉他我不在！"詹姆斯·特纳回答道。

自然调节

　　近日，在一场艺术展览中，我目睹了一幅作品以五千美元的价格成交，其创作者是克拉夫特，一位来自西部的年轻画家。他不仅热爱绘画，还对美食有着独到的见解，并构建了一套自己深信不疑的理论体系。他的信念坚定不移，认为自然界的艺术调节法无可挑剔，而这一理论的核心，竟然是围绕着一道经典菜肴——腌牛肉杂烩荷包蛋展开的。

　　这幅画的背后，隐藏着一个引人入胜的故事。我一回到家，便迫不及待地将其记录下来。虽然这个故事与克拉夫特息息相关，但它并非故事的起点。

　　时光回溯到三年前，我与克拉夫特、诗人比尔·贾金斯一同踏入了第八大道的赛福尔餐馆。没错，就是"就餐"。每当我们囊中羞涩时，赛福尔总能精准无误地从我们手中"提取"出仅有的钱财，他从不允许赊账。我们进店、点餐、享用美食，然后结账。有时，我们无力支付，但赛福尔的严厉与深藏不露的威严早已名声在外。

在赛福尔那阴暗的心灵深处，他或许自视为王子、傻瓜，或是艺术家。他坐在一张破旧的桌前，桌上堆满了陈旧的账单，最底层的很可能是亨德里克·哈德森早年留下的蛤蜊账单。赛福尔餐厅仿佛拥有与拿破仑三世相似的无上权威，他的眼神被一层薄膜所遮蔽，如同瞪大眼睛的鲈鱼，让人难以窥探其内心。有一次，当我们试图以蹩脚的借口逃避付款时，我回头一看，那薄膜后的眼睛笑得令人不寒而栗。于是，我们不得不时不时地结清欠款。

然而，在赛福尔餐馆中，最引人注目的人物是米莉，一位女招待。她是克拉夫特自然艺术调节理论的一个生动例证。在很大程度上，她就像古罗马神话中的智慧女神密涅瓦，代表着勇气和谋略，而维纳斯则象征着爱情与美貌。如果将她铸成铜像，并配以底座，她完全有资格与那些高贵的英雄姐妹并肩而立，因为"新贵与老将的共同存在，为世界注入了无限的活力"。但米莉属于赛福尔餐馆，你总能期待看到她那高大的身影在煎油锅后升腾的蓝烟中若隐若现，就像期待帕利塞德岩壁在哈德孙河的浓雾中显露一样。在热气腾腾的蔬菜、排列整齐的火腿、陶瓷餐具的碰撞声、钢质餐具的叮当声、食客们争抢"快餐"的呼喊声、饥饿食客的哀号声、进餐者的喧闹声，以及一群苍蝇的"嗡嗡"声中，米莉如同一艘巨轮，在野蛮人的独木舟间破浪前行。

我们的餐厅女神气势恢宏，令人敬畏。她的袖管总是卷到胳膊肘以上，仿佛能轻松地将我们这三个"火枪手"提起并扔出窗外。尽管她比我们年纪小，却展现出非凡的母性和纯朴直率。从一开始，她就像母亲一样照顾我们。她从赛福尔的储藏室里为我们取来食物，从不计较价格和数量，就像一位慷慨的贵族小姐，仿佛那里是一个取之不尽、用之不竭的宝库。她的声音清脆如银铃，总是面带微笑，露出一排牙齿，就像山顶上的金色朝阳，让我每次见到她都会想到约塞米蒂。然而，我无法想象如果她不在赛福尔工作会是什么样子。大自然似乎将她安置在那里，让她在那里生根发芽、茁壮成长。她看起来很幸福，每周六晚上领取那微薄的薪水时，她都会像孩子得到意外赠品一样喜出望外，脸颊绯红。

克拉夫特首先提出了我们心中共同的忧虑，这个忧虑是在我们讨论某些艺术理论时突然浮现的。有人认为，米莉与赛福尔餐厅之间的和谐美妙，就像海顿的交响乐与开心果冰激凌的搭配一样令人陶醉。

"米莉的命运是注定的。"克拉夫特说道，"如果命运要将她带走，无论是赛福尔餐馆还是我们，都将失去她。"

"她会变胖吗？"贾金斯战战兢兢地问道。

"她会去上夜校提升自己，变得高贵优雅吗？"我急切地想知道答案。

"确实如此。"克拉夫特说着，用僵硬的食指在溅出的咖啡中点了一下，"恺撒有布鲁特斯相伴，棉花难逃棉铃虫的侵扰，歌舞女郎常被匹兹堡的大老板所吸引，夏天的寄生树与缠绕的毒葛为伍，英雄荣获卡内基奖章的荣耀，艺术得到摩根的支持，而玫瑰则——"

"说吧。"我打断了他的话，心中充满了不安，"你不会认为米莉会被月老牵线吧？"

"总有一天，"克拉夫特严肃地总结道，"会有一个来自威斯康星州的伐木业百万富翁走进赛福尔点一盘豆子，并且会娶走米莉。"

"绝不可能！"贾金斯和我惊恐万分地高呼道。

"没错，就是一个伐木工人。"克拉夫特声音嘶哑地重复道。

"而且还是个腰缠万贯的伐木工人！"我气急败坏地叹了口气。

"还是从威斯康星州来的！"贾金斯抱怨道。

我们一致认为，可怕的命运似乎正在向米莉逼近，任何事情都有可能发生。米莉就像一片广阔的原始松林，注定会吸引伐木工人的目光。我们深知他们的习性：一旦幸运之神眷顾威斯康星州人，他们就会变得无所不能。他们会直奔纽约，在为他们端上豆子的姑娘脚边放下聘礼。瞧，那敬业的记者甚至已经为星期日的报纸头版想好了标题——真是巧合至极，六个以"W"开头①的单词连在了一起："威斯康星伐木业巨富拜倒在迷人女服务员石榴裙下"。

———————————

① 六个以"W"开头的单词为 Winsome，Waitress，Wins，Wealthy，Wisconsin，Woodsman。

曾有一段时间，我们担忧米莉即将离我们而去。

正是对自然与艺术完美融合的执着追求，持续激励着我们采取行动。我们绝不能眼睁睁地看着她落入一个虽富有却粗俗不堪的伐木土豪手中，我们对他的厌恶与日俱增。

每当想象米莉婚后的生活，我们就感到不寒而栗：她的嗓音不再清脆，衣袖也放下了，正在帐篷里的大理石茶几上为一位伐木工人倒茶。不！她属于赛福尔餐厅，她身上散发着腊肉的烟熏味和卷心菜的清香，陶醉于陶瓷餐具与玻璃调味瓶的碰撞声中，对她而言，那无异于瓦格纳的宏伟合唱。

然而，怕什么来什么。那个晚上，注定要来带走米莉的人从原始森林中走出，来到了我们身边——这是我们必须面对的自然调节的代价。但出乎意料的是，来者并非威斯康星人，而是阿拉斯加人。

当时，我们正在享用炖牛肉和苹果干的晚餐。他像赶着狗拉雪橇队一样闯了进来，不顾桌上的残羹冷炙，径直加入我们。他像野外露营者一样无拘无束，高声谈笑，与我们分享着彼此的故事，仿佛在平民餐馆中偶遇了儿时的玩伴。不知为何，我们拥抱了他，很快，他便成了我们肝

115

胆相照的好兄弟。

他粗犷豪放，满脸胡须，历经风霜。他说自己是从北河的一个渡口沿着狭长的水路而来的，我们仿佛能看见奇尔库特的雪尘仍洒在他的肩上。接着，他像归来的克朗迪克淘金者一样，将金块、松鸡、珠球刺绣和海豹毛皮扔在桌上，开始滔滔不绝地讲述他那数百万美元的故事。

"银行给我开了两百万美元的汇票。"他最后说道，"凭我的采矿权，我每天都能赚一千美元。现在我只想吃些炖牛肉和桃子罐头，自从离开西雅图后，我一直在火车上，饿得要命。卧铺车上的黑人侍者给的东西简直难以下咽。兄弟们，你们想吃什么尽管点！"

不久，米莉挽着袖子，端着盘子跑了出来——她面色红润，体态优雅苗条，如同圣埃利亚斯山一般令人敬畏——她的笑容如峡谷中的曙光般明媚。克朗迪克像扔垃圾一样扔下毛皮和金块，下巴半张着，目不转睛地盯着她看。你几乎可以想象出米莉头戴钻石王冠，身穿他为她购置的手工刺绣巴黎丝绸礼服的模样。

然而，棉铃虫终究侵袭了棉花，毒葛也伸出了卷须缠绕着夏天的寄生树。那个腰缠万贯的伐木工人，伪装成阿

116

拉斯加的矿工，企图夺走我们的米莉，打乱自然的调节秩序。

克拉夫特第一个采取了行动，他跳起来拍了拍"克朗迪克"的背。"出去喝一杯！"他喊道，"先喝酒，后吃饭。"贾金斯抓住他的一只胳膊，我拽着另一只，把香气四溢的松鸡和硬邦邦的金砖一起塞进了他的口袋。然后，不容他分说，我们一路欢声笑语地把他从餐馆拖到了酒馆，尽管他一路上咆哮叫骂，却也无济于事。

到了酒馆后，他喘着粗气，敢怒不敢言，低声说道："她就是我梦寐以求的姑娘，我愿意用一生来守护她。我从来没有见过这么好的姑娘，我要回去向她求婚。我想，当她看到我赚到的这些钱时，她就不会再想端盘子了。"

"你现在需要再来一杯威士忌加牛奶。"克拉夫特带着狡黠的微笑怂恿道，"我还以为你们这些内地人的酒量更大呢。"

克拉夫特拿出身上所有的钱买了酒，然后给贾金斯和我使了个眼色，我们只得也掏腰包买酒敬客，直到口袋空空如也。

最终，我们身无分文。而"克朗迪克"虽然还有些清醒，却又开始滔滔不绝地谈论起米莉。克拉夫特在他耳边低语了一句略带侮辱意味的话，讽刺那些吝啬的有钱人。这激怒了采矿人，他一把把地甩出银币和钞票，发誓要买下世上所有的酒水来讨个说法。

这样一来，问题就迎刃而解了。哈哈，我们用他的钱把他赶出了战场。我们把他推到一个偏远的小旅馆，用金块和海豹毛皮堆满他的身旁，安顿他住下。

"他再也回不到赛福尔餐厅来追求米莉了！"克拉夫特说道，"明天，他在乳制品餐厅看到第一个系着白围裙的侍者，就会向她求婚。而我们的米莉——我是说经过自然的调节——终于得救了！"

我们三人回到赛福尔餐厅，此时顾客已散去大半。我们手拉着手围着米莉跳起了印度舞。

如前所述，这件事发生在三年前。自那以后，我们三人的运势好转，都能吃得起比赛福尔餐厅更昂贵但不一定更健康的食物。我们各奔前程，我再也没见过克拉夫特，也很少见到贾金斯。

然而，就像我之前提到的那样，前几天我看到了一幅以五千美元成交的画作名为"博阿迪西亚"，这个人物仿佛占据了所有的户外空间。但在所有站在画前崇拜的人中，我相信我是唯一一个渴望博阿迪西亚能从画框中走出，为我端来腌牛肉土豆泥和荷包蛋的人。

我急忙去找克拉夫特。他那狡黠的眼神依旧如初，只是头发显得更加凌乱，但他的衣服一定是量身定制的，剪裁得体。

"我怎么不知道呢？"我问他。

"我们用这笔钱在布朗克斯买了一幢乡村小别墅。"他说，"晚上七点后，欢迎随时来访。"

"那么，"我说，"当初你带领我们对付那个伐木工人——不对，应该是那个克朗迪克矿工的时候，并非完全出于自然精准无误的艺术调节吧？"

"嗯，当然不完全是。"克拉夫特咧嘴笑了笑说道。

午后奇迹

在美国与墨西哥边境的跨海国际大桥上，位于美国这一侧，四名装备齐全的骑警驻守在一间闷热难当的小木屋里，他们忠诚地执行着侦查任务，目光紧盯着从墨西哥方向过来的每一个旅客。

前一天夜晚，高档的诺奇酒吧老板巴德·道森，将一名叫莱安德罗·加西亚的男子强行逐出了酒吧，原因是他违反了酒吧的规定。加西亚随后放出话来，称他会在二十四小时之内找人来，要求一笔精神赔偿，以弥补他所受的伤害。

这个墨西哥人是个名副其实的吹牛大王，既胆大又勇猛，让人敬而远之。他和一群亡命之徒在镇上四处惹是生非，制造麻烦。

面对加西亚的报复威胁，美方制订了计划，决定举办牧场主大会、斗牛比赛，以及老移民者的烧烤野餐。驻守在此的骑警连队麦克纳尔蒂上尉深知，加西亚是个言出必行的人。为了确保这三场社交活动的顺利进行，上尉决定采取谨慎措施，维护和平与宁静。于是，他派遣了一名中尉和三名士兵前往桥头，阻止加西亚的到来，无论他是单独行动还是与团伙一起。

尽管任务相对轻松，但天气却异常闷热，骑警们忍不住轻声抱怨。他们找了个不远且方便的地方稍作休息，擦拭着额头上的汗珠。一个小时过去了，除了一个身着棕色连衣裙、披着黑色披肩的老妇人外，无人经过。她赶着一头驮着木柴的小驴，木柴被捆成小捆出售。突然，街道上响起了三声刺耳的枪声，打破了寂静的天空。

四名骑警立刻警觉起来，其中一名骑警站起了身。其他三人用恳求而绝望的眼神望向他，只见他动作敏捷，迅速将子弹带扣在身上。他们知道，鲍勃·巴克利中尉是这里的最高指挥官，当他认为自己可以亲自行动时，绝不会让其他人抢先调查打斗案件。

这位中尉反应迅速，神情忧郁，胸脯宽阔，皮肤光滑，黄褐色的脸上毫无表情。他熟练地将皮带从皮带扣的护套中穿出，将六发子弹装进皮套，就像美女在梳妆打扮时做最后的定妆一样。他拿起温彻斯特步枪，冲向门口，稍作停顿后，提醒同伴们注意桥上的动静，然后独自奔向了炎热的公路。

剩下的三人再次松懈下来，抱怨声不断。

"我听说，"勃朗乔·莱瑟斯嘀咕道，"有些人天生就是危险人物。我敢打赌，鲍勃·巴克利是不会听任何人的建议的！"

"鲍勃的特别之处在于，"小纽赛斯插嘴说，"他从未接受过正规训练，也没学过武艺。大家都知道，上战场前总得练练吧。但他每次都能化险为夷，真是令人惊讶！"

第三名骑警是来自东部地区的人，他喜欢说教，但由于受到误导，常常说些不切实际的话。他说道："巴克利对待每一次争斗都如此庄严，我开始怀疑争斗发生的原因了。我不太了解他的战略，但他每次都战术精准，就像提伯尔特一样。"

"我从来没听说过，"勃朗乔说，"迪布尔把'战争'和

'密码'混在一起的方法！"

"扳机测量法？"小纽赛斯天真地问道。

"你的答案比我想象的要好！"来自东部地区的人赞许地点点头。他的话外音是，巴克利每次打架前都不占优势。

他似乎从不愿占任何便宜，但这并不一定是对的。当你与马贼和莽夫战斗时，他们可能会在任何夜晚袭击你，甚至从背后开枪。巴克利的行为看似愚蠢，但总有一天，他会像古罗马的贺雷修斯一样，成为控制那座桥的英雄。

"我去那边看看。"纽赛斯·科德慢悠悠地说，"去看看桥边那伙人。我奉命去找另一个家伙——一个冒牌货——那个袭击了他并抢走他货物的人。改天再对付他们！"

"不管怎样，"勃朗乔总结道，"在布拉沃河沿岸，鲍勃是我见过的最勇敢的人。天哪！如果天气再热一点，这只蝎子就要被烤焦了！"说着，他拿起四磅重的斯泰森毡帽，猛地击打了一只蝎子。过了一会儿，三个骑警又陷入了令人不安的沉默。

鲍勃·巴克利坚守着自己的秘密。两年来，与他并肩作战的战友们经历了无数次的边境突袭和危险战斗。无论是他的朋友还是敌人，在谈到他时，都无人怀疑他的勇气。

然而，他们并不知道，他其实是整个布拉沃河地区身体最弱的人！这种脆弱纯粹是身体上的，但他凭借极端而冷酷的意志力，使他那柔弱的身体做出了最勇敢的举动！像僧侣惩罚自己的过失一样，巴克利总是不停地鞭策自己，不顾一切地投身于每一次危险战斗，希望有一天能摆脱被人轻视的痛苦。然而，一次又一次的考验并未使他松懈下来。这让原本愉悦的骑警队员变得忧心忡忡。因此，边境的人们纷纷赞美他的事迹，报纸上也铺天盖地地报道他的英勇行为。在布拉沃山谷地区，他被视为英雄人物。但对于这些溢美之词，他的内心却感到十分不适。只有他自己知道，那可怕的胸闷、口干舌燥、脊梁发软，以及神经紧张的痛苦从未消失过。

在巴克利的同伴中，有位年轻小伙，总爱将一条腿轻巧地搭在马鞍角上，嘴角叼着香烟，不时地吐出烟圈，并常能说出些独有一番风味的妙语。巴克利虽向往那份肆无忌惮的洒脱，却深知自己无法模仿，甚至愿意以一年的薪资为代价去换取那份自在，却也只能是妄想。某日，这位温文尔雅的青年对他说："巴克，你每次战斗都像是去参加葬礼，实在不该如此！"说着，他挥了挥手中的锡杯，"当然，其实大多时候也确实如此！"

巴克利深受新英格兰传统与西部风情的双重影响，性格中带着几分桀骜不驯，时常将自己置于险境。于是，在那个闷热的午后，他拖着疲惫的身体，前去调查那起威胁国家和平与尊严的突发事件。

街道尽头的广场上，矗立着高档的诺奇酒吧。巴克利在此发现了动乱的蛛丝马迹，几个好奇的围观者挤在前门，脚下是破碎的平板玻璃窗。酒吧内，巴克利发现巴德·道森肩部受伤，他自己却浑然不知。当巴克利追问巴德为何未能摆脱开枪袭击的"该死的蒙面歹徒"时，巴德伤心地哭泣起来，他恳求巴克利证实蒙面徒可能造成的破坏。

"巴克，你知道吗？如果我早一分钟准备，我就能抓住他。"巴德说道，"他戴着面具进来，伪装成女人，我掏出枪对准他，他才松手。我当时没想去拿枪，以为是奇瓦瓦·贝蒂、阿特沃特太太或是梅菲尔德的哪个姑娘来了，她们总是进进出出的。我从没想过那个人会是该死的加西亚，直到——"

"加西亚！"巴克利厉声问道，"他是怎么进来的？"

巴德的酒保拉着巴克利的胳膊，将他带到侧门。在那里，他看到一头灰毛驴正悠闲地在排水沟旁吃草，背上绑着一捆木柴，地上扔着一条黑色披肩和一件宽大的棕色连衣裙。

"他就是这样伪装的。"巴德不顾伤痛，高声喊道，"我以为他是个修女，直到他大喊一声，吓了我一跳！"

"他沿着这条小巷走了。"酒保说，"只有他一个人，他肯定会一直躲到晚上，等他的同伙来了再出来。他可能藏在仓库下面的那个墨西哥人那里，他的女朋友——潘查·赛优斯也在那里。"

"他带了什么武器？"巴克利问。

"两个珍珠柄的六发子弹套，还有一把小刀。"

"比利，这个给你！"巴克利说着，把他的温彻斯特枪递给了酒保。这举动虽有些堂吉诃德式，但正是鲍勃·巴克利的风格。换作一个更凶狠的人，可能会组织团伙来伏击，但巴克利从不寻求占便宜。

加西亚逃走后，街上空无一人，店铺紧闭。现在，人们陆续从避难所出来，假装对发生的事一无所知。许多认识巴克利的市民很快向他指出了加西亚的逃跑路线。

沿着加西亚的逃跑路线，巴克利大步流星地走着，感到喉咙开始发紧，冷汗顺着帽檐滴落。他那与生俱来的、让他感到羞愧的恐惧感越来越重，直沉到心底。

那天，从墨西哥中央火车站出发的早班火车晚点了三个小时，未能与对岸的国际列车接上。前往美国的乘客们满腹牢骚，却也只能在这个边境小镇上寻找乐趣。在次日之前，没有其他火车会来接他们入境。两天后，圣安东将举行盛大的集市和赛马活动。作为该地区的经济中心，圣安东主要进行牲畜、羊毛、法罗牌和赛马的交易。届时，牧民们将手持二十美元的双鹰金元在街道两旁玩赌博游戏，先生们则用成堆的纸牌来构建他们的幸运梦想。如果不是受重力影响，他们会堆得更高。附近的人们蜂拥而至，在这里挥霍钞票、尽情赌博、聚敛钱财。附近的餐饮服务行业也纷纷涌来，圣安东将举行两场盛大的演出，还有几十场小规模演出也即将拉开帷幕。

在不起眼的停车场旁的一条小路上，停着一辆小汽车。那天早上，车主将它留在墨西哥的火车旁。由于周围环境肮脏不堪，且火车晚点，无法按计划接到客人，只能无奈地等待与第二天的火车时间衔接。

这辆车原本是一辆普通的硬座客车，但那些坐在车厢里、对列车长的帽带夹咯咯笑的人永远不会意识到它的变化。车辆已经被重新喷漆，部分地方还镀了金，加上了居家装饰。洁白的花边窗帘巧妙地遮住了窗户，使人无法将其视为公共交通工具。车辆前部悬挂着墨西哥国旗，后部则悬挂着星条旗。还有那滚滚浓烟的火炉烟囱，足以说明车辆内部的饮食既舒适又可口，更显私密与自在。行人看着华丽的车身，发现了一个由金色和蓝色字母组成的长长的名字，这个名字透露出皇家或天才的高傲特权。这个名字就是"阿尔瓦丽塔，蛇族的女王"，足以看出其尊贵无比。这是女王的车，从墨西哥的一些大城市载誉而归，正准备开往圣安东尼奥。根据约定，她将在那里展示她对致命毒蛇非凡、无畏的掌控能力。当毒蛇盘绕起来、发出"嘶嘶"声时，观众会吓得张口结舌、浑身颤抖，而女王却能轻松自如地应对！

上百人涌向树荫下以躲避酷暑，周围街道上行人寥寥。此地坐落于城镇边缘，是五个不同国家居民的聚居地，建筑简陋，多以帐篷、茅屋和土坯房为主，这样的环境让风琴手深感震撼，也为外来访客增添了丰富而独特的体验。在这片区域的后方，紧临老城，有一片茂密的树林，树木高耸入云，恰好位于一个山坳之中。山坳转弯处，一条小溪潺潺流淌，最终消失在里约布拉沃山谷那陡峭而危险的北坡。

正是在这个简陋不堪的地方，蛇族女王不得不逗留数小时。

汽车前门敞开着，前端用帘子隔开，形成了一个小型的接待室。这里常常坐满了谄媚的记者，他们热衷于将阿尔瓦里塔小姐的言辞转化为报纸杂志上更为华丽的文字。墙上挂着三幅画：一幅是亚伯拉罕·林肯的肖像，另一幅描绘了一群女学生聚集在石阶上的场景，还有一幅则是血红色边框内的复活节百合花。地毯整洁，一个大水罐滴落着清凉的水珠，一只玻璃杯放在摇摇晃晃的架子上。阿尔瓦丽塔正坐在柳树摇椅上，专注地阅读着报纸。

她的外貌让人猜测她可能是西班牙人、安达卢西亚人，或是巴斯克人。她的长发乌黑发亮，如同钻石般闪耀，即便在午夜黑暗中也能熠熠生辉。她的眼睛眼线修长，眼神柔和而忧郁，目光平静而直接。她的脸庞傲慢而矜持，充满活力。若要迅速领略她的魅力，只需看看角落里那些五颜六色的传单。然而，传单上的职业装扮和姿势并不足以完全描绘出她的风采。此刻，她身着黑色蕾丝裙，系着黄色丝带，面对着你，令人难以抗拒。一条蓝色游蛇缠绕在她的双臂上，腰部缠了两圈，颈部绕了一圈，可怕的蛇头紧临她的脑袋，那是库库，一条长达十一英尺^{①}的亚洲巨蟒。

一个脸色苍白的中年妇女拉开隔开车厢的帘子，手里拿着一把刀和一个削了一半皮的土豆，探头进来问道："阿尔维，你在忙吗？"

"我在看家里的报纸，妈妈。新闻说，那个面色苍白、浅黄头发的马蒂尔达·普赖斯当选为加利波利斯最漂亮的姑娘，获得了最多的选票。你怎么看？"

"嘘！如果你在家，那肯定不会是她，阿尔维。天哪，希望我们能在秋天结束前赶到那里。我累了，世界各地奔波，既要表演武术又要舞蛇。而且，那条最大的蛇又不见了。我在车里找遍了，就是找不到。它一个小时前一定溜走了，我记得我曾听到地板上有沙沙的响声，当时还以为是你呢。"

"噢，这个狡猾的家伙！"蛇族女王大喊一声，扔下

---

① 1英尺约等于0.3048米。

报纸，"这是它第三次逃跑了。乔治永远也不会把盒盖固定好。我相信他一定是害怕库库。现在我得去找它。"

"快点儿吧，有人会伤害它的！"

蛇族女王露出一丝不屑的笑容，说道："不会的，人们一看到库库在外面，就会吓得惊慌失措，远远躲开。从这里到河边有一条小溪，那个狡猾的家伙可能会去那里喝水，这样它就会暴露出来。我应该会在那里找到它，肯定没事的！"

几分钟后，阿尔瓦丽塔站在伸出的平台上，准备开始搜寻。她穿着最近流行的黑色裙子，搭配一尘不染的仿男士衬衫，如同沙漠中的绿洲般令人赏心悦目。她浓密的头发上紧紧戴着一顶男士草帽。

她的下巴圆润，显得平静而高傲。下巴下方是又高又硬的衣领，系着一个男式活结领带，显得俊俏潇洒。她打着一把白色绸制阳伞，伞边镶嵌着纯黄色花边。

我想，她的服饰代表了加利波利斯的时尚水平，我也更加坚信她可能来自塞维利亚或瓦拉多利德。响板、阳台、披肩头纱、小夜曲、埋伏、冒险——所有这些都暗示着它们可能潜藏在黑暗的深处。

"你不怕一个人出去吗，阿尔维？"女王的母亲焦急地问道，"周围有那么多粗鲁的人，你最好——"

"我什么都不怕，妈妈。尤其是人，特别是男人。你别担心。我一找到那个逃跑的家伙，就立刻回来！"

铁轨附近的空地上积满了厚厚的灰尘，阿尔瓦丽塔很快就发现了逃跑蟒蛇的踪迹，它在灰尘上留下了锯齿状的印记。正如她所预料，蟒蛇穿过了停车场，沿着一条小巷朝小教堂的方向游去。四周一片寂静，居民们尚未意识到这个可怕的不速之客已经穿过了公路。天气酷热难耐，居民们宁愿待在室内。偶尔传来一阵尖锐的笑声或胡乱弹拨六角手风琴的"呜呜"声。在树荫下徘徊时，墨西哥的孩子们像既有生气又冷漠的陶俑一样，从游戏中抬起头来，默默地注视着她。偶尔也会有一些女人静静地站在屋里，往门外张望，却不巧被那把白色的绸制阳伞遮住了脸，只好默不作声。

行进约一百码后，她跨过了城镇的界限，穿梭于一丛丛小树林间，最终抵达了一片繁茂的果园，那里有一条小溪蜿蜒流淌。此地仿佛一座公园，是人们郊游的热门之地，他们遗留下的废纸和罐头盒，为这里增添了几分乡村风情，宛如伦敦郊外的田园风光。阿尔瓦丽塔兴致勃勃地探索着，她在假山般的林间空地中搜寻，不放过小溪边的每一个角落。最终，在小溪河谷的细软沙地上，她发现了那条胆怯的爬行动物留下的独特痕迹，证明了它曾在此驻足。溪水潺潺，对它来说无疑是个难以抗拒的诱惑，它定然不会走远。

阿尔瓦丽塔确信，巨蟒就在附近。她注意到一棵巨大的水榆树，树上缠绕着一条粗壮的藤蔓，弯曲盘绕，形成了一个理想的休憩之地。她沿着陡峭崎岖的小径攀爬而上，来到了这个树木葱郁、林密茂盛的地方。一棵晚开的腊塔玛树散发着持久而甜美的香气，山谷里吹来的风带着湿润落叶的气息，令人陶醉。

阿尔瓦丽塔摘下帽子，解开挽起的浓密秀发，缓缓地将它编成两条乌黑亮丽的长辫子。在距她五英尺的阴暗处，有一片常绿灌木丛。灌木丛中，两只宝石般璀璨的小眼睛默默地注视着她。盘绕在那里的正是巨蟒库库。华丽的库库，镀金口套、凹槽嘴唇显露无遗，十一英尺的身躯优雅地伸展着，绚烂斑驳的皮肤闪烁着光芒。巨蟒静静地凝视着它的女主人，不发出任何声响，也不做任何动作。或许，这位杰出的"逃学者"预感到自己即将被捕，但在树叶的遮掩下，它想要延长这次冒险的乐趣。与那辆闷热脏乱的汽车相比，这里舒适宜人，听着流水的"哗哗"声，感受着泥土和石子轻抚它的身体，真是无比惬意！然而，不久之后，蛇族女王定会找到它，而它，在她有力的手中将如同一条无力的虫子，被送回那狭窄的车厢，那里犹如一个黑暗的囚笼。

突然，阿尔瓦丽塔脚下传来"嘎吱、嘎吱"的砾石声。她转过身，只见一个黑黝黝的高大墨西哥人，面带放肆而邪恶的表情，眼神呆滞，不怀好意地盯着她。

"你想干什么？"阿尔瓦丽塔问道。她嘴里叼着五个发夹，声音尖锐，一边继续编着头发，一边平静而轻蔑地打量着他。墨西哥人继续盯着她看，露出参差不齐的白牙，笑了。

"我不会伤害你的，小姐！"他说。

"你确定你不会？"女王回应道，将编好的一条粗辫子甩到脑后，"我想，你最好别靠近我！"

"不会伤害你——绝对不会。不过，可以一起喝一杯吗？"

那人又笑了笑，踏上斜坡。阿尔瓦丽塔迅速弯下腰，捡起一块椰子大小的石头。"快走，快走！"她专横地命令道，"你这个黑鬼！"

这侮辱性的话语激怒了墨西哥人，怒气在他黝黑的皮肤上蔓延开来。

"我是绅士，哼！"他咬牙切齿地说，"不是黑人！妖女，你会为此付出代价的！"

说完，他迅速向上走了两步，但女王挥动有力的手臂，将石头猛地砸向他，正中他的胸膛。他踉跄后退几步，回到小路上。突然，他转过身来，看到了另一幕景象，打消了对那姑娘的所有非分之想。她转过头去，查看是什么转移了他的注意力。只见一个男人，在二十码开外，正沿着小路走来。他长着一头红棕色的鬈发，神情忧郁，皮肤晒得黝黑，胡子刮得干干净净。

墨西哥人腰间系着一条手枪皮带，上面有两个空枪套。他不知道，自己装有六发子弹的手枪放在了什么地方，很可能是遗落在美丽的潘查的小茅屋里了。当美丽的阿尔瓦丽塔经过时，他被她的美貌所吸引，尾随而来，却不慎将手枪遗失。他本能地伸手摸向枪套，发现手枪不见了。他张开手指，用拉丁手势表示放弃抵抗，像一块岩石般屹立不动。新来的人看见他的处境，解开腰带，将两把左轮手枪扔在地上，继续往前走。

"太好了！"阿尔瓦丽塔眼睛闪闪发光，低声说道。

鲍勃·巴克利敏感的良心战胜了怯懦的神经。他按照勇敢决斗的方式，放下枪逼近敌人，尽管心中充满恐惧，呼吸急促，双腿沉重。他口干舌燥，恐惧之心提到了嗓子眼儿。尽管是炎热的6月，但他却虚汗淋漓，仿佛置身于潮湿的11月。然而，他仍然勇往直前，心中充满了自豪感。这种自豪感使他原本虚弱的身体变得紧绷而有力。

两人越来越近。墨西哥人一动不动地等待着。当他们相距不到五码时，突然，一阵松动的碎石像阵雨般从上面"哗啦、哗啦"地滚落下来，落在巴克利的脚上。他本能地抬头看了一眼，只见一双乌黑的眼睛炯炯有神、炽热而温柔地盯着他。这位布拉沃地区最胆怯的骑警和最勇敢的女王默默地互相注视着对方。阿尔瓦丽塔仍然坐在藤蔓上，身体前倾越过齐胸高的灌木丛，一只手放在胸前，一条乌黑的大辫子垂在肩上。她张开嘴，脸上闪烁着光芒——这绝对是一个伟大的奇迹。她久久地盯着巴克利的眼睛就像一道闪电一样。奇迹出现了。在目光的对视中男人变得更加英勇阳刚而女人则变得更加优雅妩媚、风韵犹存。这种微妙的力量创造了如此奇妙的奇迹，却无人能解释其缘由。

那个墨西哥人情绪突然失控，飞快地从长皮靴里抽出一把锋利的长刀，摆出一副冷漠且准备战斗的姿态。巴克利则把帽子随意地扔在一旁，放声大笑，犹如一个无忧无虑、嬉戏玩耍的小学生。他手无寸铁，却灵巧地一跃而起，而加西亚则毫不犹豫地迎了上去。

战斗转瞬即逝，让巴克利感到十分扫兴，他还沉浸在战斗带来的亢奋之中。墨西哥人并未采用传统的由下而上的攻击方式，而是选择直刺。巴克利眼疾手快，抓住了这个稍纵即逝的机会，稳稳地握住了对方的手腕，随后使出了撒克逊式的一记重拳——对于不熟悉拳击的拉丁美洲人来说，这一拳无疑是致命的——加西亚应声倒下，头部撞在了一丛刺梨之中。巴克利抬头望向蛇族女王。

阿尔瓦丽塔慌忙地奔向了小路。

"幸好我及时赶到了！"巴克利说道。

"他——他真的吓到我了！"阿尔瓦丽塔低声说道，声音中带着一丝颤抖。

此时，灌木丛中传来了巨蟒悠长而低沉的嘶嘶声，然而他们却并未察觉。巨蟒作为野兽中最狡猾的一种，无疑感到了屈辱，它发出这样的声音是在表达自己的不满。长久以来，它一直对这位女王俯首称臣，在她眼中，女王是如此的坚强、有力且令人敬畏，而现在，这位女王却浑身颤抖，面色惨白。

不久之后，市政当局的人员赶到了现场，他们扶起瘫倒在地的加西亚，加西亚一瘸一拐地被抬上了座椅。巴克利和阿尔瓦丽塔则仍然在原地徘徊。

他们缓缓地、缓缓地前行。巴克利捡起了那条挂着枪套的腰带。她胆怯地请求能否摸一摸手枪，得到允许后，她轻轻地抚摸着枪身，嘴里发出了"嗷""啊"的惊叹声，这是她从未有过的娇羞表现。

夜色渐浓，从断崖的顶端望去，落日的余晖正在慢慢消散。

突然，一声尖叫划破了夜空——那是阿尔瓦丽塔发出的，令人毛骨悚然的尖叫。她猛地往后一缩，倒在了巴克利的臂弯里，这里成为她暂时的避风港。究竟是什么如此恐怖、如此可怕，竟然让这位一向无所畏惧的蛇族女王如此惊慌失措？

小路对面，一条毛毛虫映入眼帘——一条可怕的、毛茸茸的、两英寸长的毛毛虫！库库，你真的报仇了，蛇族女王竟然被这样一条小虫吓得退位了——不过，女王万岁！

丛林中的孩子

蒙太古·西尔弗，这位西部首屈一指的街头推销高手，同时也是将行骗技艺锤炼至极致的赝品大师，曾在小石城对我这样说道："比利，万一哪天你的脑筋不再灵光，老到无法在成年人世界里施展骗术了，记得来纽约找我。在西部，每分钟都有人被骗；而在纽约，受骗的人多得数不清，你根本无法一一数清！"

时光荏苒，两年后，我发现自己开始遗忘俄国海军上将的姓名，且注意到左耳已悄然爬上了几缕白发。我想，或许是时候考虑西尔弗的提议了。

某个中午，我踏上了纽约的土地，漫步在百老汇大街上。真是无巧不成书，我竟然遇到了西尔弗。他身着华丽服饰，斜倚在一家旅馆门前，正用丝绸手帕细心擦拭着指甲上的半月形光泽。

"你这是怎么了，是身体抱恙还是年岁不饶人？"我打趣道。

"嘿，比利！"西尔弗回应道，"见到你真好。不过话说回来，西部的人现在越来越精明了。我一直把纽约当作最后的退路，就像是美餐后的甜点。虽然从这些急匆匆、迷迷糊糊的人身上捞钱有点不厚道，但我妈肯定想不到我在骗这些傻瓜的钱，剥他们的皮。我可不想让她知道，否则她会觉得我太没出息了！"

"这么说，那个做头皮修复手术的老医生那儿是不是已经人满为患了？"我问道。

"那倒未必！"西尔弗答道，"现在还没到需要你出手剥皮的地步。我到这儿才一个月，就已经准备好了；威利·曼哈顿主日学校的学生们，每个人都心甘情愿地为我捐献了一块皮，让我换了身新行头，他们还不介意把照片发给《每日晚报》，让大家都知道。"

"我一直在研究这个城市。"西尔弗继续说道，"我每天读报纸，对这个城市的了解就像市政厅里的老猫对奥沙利文的了解一样深入。在这里骗钱，稍微慢一点，他们就会撒泼打滚、大喊大叫。来，去我房间，我详细跟你说说。比利，看在咱们往日的交情上，我们一起在这座城市里发财吧！"

西尔弗领我进入了一家旅馆。他的房间凌乱不堪，四处散落着各种杂物。

"在这些大都市的乡巴佬身上赚钱的方法多得很，比在南卡罗来纳州查尔斯顿煮米饭的方法还多。"西尔弗说道，"你随便设个套，他们就会上钩。他们大多数人的思维都简单直接，没太大差别。他们越聪明，对外界的感知和防备心就越少。为什么这么说呢？前几天，不是还有人把小洛克菲勒的一幅油画当作安德里亚·德尔·萨尔的名画《年轻的圣约翰》卖给了 J. P. 摩根吗？

"比利，你看到角落里那捆印刷品了吗？那些都是金矿股票。有一天，我想上街去卖掉它们，但两小时后就放弃了。为什么？因为人们蜂拥而至，抢购一空，结果导致街道堵塞，我被抓进了警察局。在去警察局的路上，我还给警察卖了一些股票，然后我就收手了。我不喜欢钱来得太容易，我希望他们在交易过程中能稍微思考一下。钱来得太容易会伤害我的自尊心，他们给我钱之前，总得稍微动动脑筋吧！所以，我只好让他们先猜猜芝加哥中间缺了哪个字，或者在打牌时让他们先拿到一对九。

"现在又有一个新把戏很容易得手，太容易了！简直是对我的智商的侮辱，我只好放弃了。你看到桌子上的那瓶蓝墨水了吗？我就用它在手背上画了个船锚，假装是刺青，然后去了一家银行，告诉他们我是海军上将杜威的侄子。我提出用我的支票在他名下兑现一千美元现金，银行竟然没有怀疑。可惜我不知道这位叔叔的名字，只知道姓氏。虽然最后没有成功，但这也说明在这座城市里弄点钱真是轻而易举。这里的窃贼现在都懒得入室行窃了，除非给他们准备好丰盛的晚餐，还有大学生在旁边伺候。他们在市区到处横行霸道、为非作歹，在我看来，哪怕走遍全市，这也只能算是一起简单的人身伤害案件而草草了事！"

"蒙太，"趁着西尔弗停顿的间隙，我说道，"你的见解或许确实抓住了曼哈顿的精髓，但我对此并不太有信心。我到城里才两个小时，我不认为我们已经完全了解了这里的一切。这里没有我熟悉的乡土气息。如果这里的居民头发里插着稻草，穿着仿天鹅绒背心，戴着夸张的七叶树表坠，那我可能会更适应一些。我觉得他们并不像你说得那么容易对付！"

"你说得对，比利！"西尔弗回应道，"初来纽约的人都会有这样的感觉。纽约比小石城或欧洲的城市要大得多，它让外来人感到害怕。不过时间长了你就会习惯的。我告诉你，这里的人并没有把钱都掏出来放在洗衣筐里喷上杀菌剂然后送给我。他们不那么容易上当让我很恼火。我并不喜欢去街上骗钱。但是你知道吗？这座城市里戴钻石首饰的是谁？是骗子的老婆温妮、恶棍的新娘贝拉！要想赚纽约人的钱简直易如反掌。我烦的是现在我一分钱还没捞到呢就已经觉得衣服里塞满了二十美金的钞票会把我的雪茄挤扁了！"

"我真心希望你的判断是对的，蒙太。"我表达了我的想法，"但我仍然后悔没有在小石城安安稳稳地做点小本生意。在那里，尽管农作物收成从未如此糟糕，但你仍能找到几位农场主，让他们在请愿书上签名，要求新建一个邮局，这样你就能在县银行享受到二百美元的折扣，轻松赚点小钱。这里的人看起来都相当吝啬，只关心自己的安全，恐怕凭我们俩的能力，在这里难以施展拳脚！"

"别担心，一切尽在掌握。"西尔弗自信满满地说，"我对这个城市了如指掌，就像我知道北河是哈德孙河，而东河其实并不是一条真正的河。住在百老汇附近四个街区的人，他们一辈子除了摩天大楼，什么也没见过！一个经验丰富的西部人，应该在三个月内有所作为，无论是坑蒙拐骗，还是其他什么手段，总之要露两手，让别人刮目相看！"

"先别急着吹牛皮！"我泼了点冷水，"除了向救世军乞讨或在海伦·古尔德小姐家门口故弄玄虚之外，你知道有什么方法能立刻搞到一两美元吗？"

"方法多得是。"西尔弗胸有成竹，"你手头有多少钱，比利？"

"一千美元。"我如实告知。

"我有一千二百美元。"他说，"我们合伙干一番大事业吧。机会多得是，我都不知道该从哪里开始。"

第二天一早，西尔弗就兴冲冲地来到我住的旅馆，声音洪亮，似乎有什么天大的喜事。

"今天下午我们要去见 J. P. 摩根！"他兴奋地说，"我在旅馆里认识的一个人想介绍我们给他认识，他是摩根的朋友，说摩根很喜欢和西部来的人打交道！"

"听起来不错！"我表示赞同，"我也很想认识一下摩根先生。"

西尔弗说："认识几个金融大亨对我们没坏处，我挺喜欢纽约人和外地人这种交往方式。"

西尔弗认识的那个人叫克莱恩。下午三点，克莱恩带着他的华尔街朋友来到西尔弗的房间，与我们见面。摩根先生和照片上一模一样，他左脚缠着一条土耳其毛巾，手里拄着一根手杖。

"西尔弗先生，佩斯库德先生。"克莱恩介绍道，"提这位先生的名字可能有些多余，但这位就是最伟大的金融家——"

"行了，克莱恩！"摩根先生打断了他，"先生们，很高兴认识你们！我很喜欢西部地区。克莱恩说你们来自小石城，我在那边有一两条铁路。如果你们二位愿意玩几把梭哈扑克的话，我——"

"皮尔庞特，你忘了什么吧？"克莱恩插话道。

"抱歉，兄弟！"摩根先生说，"我最近痛风犯了，有时候会在家里玩玩扑克。你们从小石城来，应该认识"独眼龙"彼得斯吧，他住在新墨西哥州的西雅图！"

我们还没来得及回答，摩根先生就用手杖敲打着地板，走来走去，大声抱怨着。

"今天华尔街有人抛售你的股票了吗，皮尔庞特？"克莱恩笑着问。

"股票？不是！"摩根先生吼道，"是我派人去欧洲买的那幅画。我刚刚想起来，他今天给我发了电报，说在整个意大利都找不到。我愿意明天出五万美元买那幅画——是的，七万五千美元也行，我全权委托代理商购买。我不明白为什么艺术画廊会允许达·芬奇——"

"怎么了，摩根先生？"克莱恩问，"我以为你已经收藏了达·芬奇所有的画。"

"摩根先生，那幅画是什么样的？"西尔弗好奇地问，"它一定有佛拉特艾荣大厦的侧面那么大吧！"

"看来你的艺术课是白上了，西尔弗先生。"摩根先生说，"那幅画长二十七英寸，宽四十二英寸，名叫《爱的闲暇时光》，画的是几个穿着宽松外衣的模特在一条紫色河岸边跳舞。我收到的电报说，那幅画可能已经到了美国。没有那幅画，我的收藏就不完整。好了，再见，兄弟们！做金融家必须早睡早起。"

摩根先生和克莱恩一起乘出租车离开了。我和西尔弗聊着，感叹大人物头脑简单，毫无防备之心。西尔弗说，要是想从摩根先生这样的人身上弄钱，那太掉价了，我也这么觉得。过了一会儿，克莱恩回来了。晚饭后，他提议散步，我们三人沿着第七大道走着，欣赏沿途的风景。走到一家当铺的橱窗前，克莱恩看到一对袖扣，非常喜欢，便进去买，我们也跟了进去。

克莱恩离开后，我们回到旅馆。西尔弗兴奋得手舞足蹈，向我飞奔而来。

"你看见了吗？"他问，"你看见了吗，比利？"

"看见什么？"我疑惑地问。

"哎呀，就是摩根想要的那幅画！挂在当铺桌子后面。克莱恩在场，我不敢声张，但那就是摩根要找的画！千真万确，就是那幅。画上的女孩儿栩栩如生，如果她们穿上裙子，尺寸一定是胸围三十六、腰围二十五、臀围四十二。她们正在河岸上跳着布鲁斯舞。摩根先生刚才说愿意出多少钱买这幅画？当然，不用我说你也知道，当铺里的人绝对不知道他们手里有这么值钱的宝贝！"

第二天早上，我们早早地来到当铺，焦急地等待开门，就像迫不及待想要典当全身行头去买酒喝一样。我们走进去东张西望，开始假装研究表链。

"你们挂在那里的那幅彩色石印画质量太差了，粗制滥造的。"西尔弗假装随意地对当铺老板说，"但是，我很喜欢画中那个露着肩胛骨、红发披肩的女孩。我出两美元二十五美分买它，怎么样？你一定也想快点出手吧！"

当铺老板微笑着，继续向我们展示表链。

"一年前，"他开口道，"有位意大利先生将那幅画抵押给了我，我当时估价五百美元。那幅画名叫《爱的闲暇时光》，作者是列奥纳多·达·芬奇。就在两天前，抵押期限已到，它已成为无法赎回的物品。来，瞧瞧这条链子，现在正流行呢。"

半小时过后，我和西尔弗付给当铺老板两千美元，带着那幅画离开了。西尔弗随即叫了一辆出租车，直奔摩根的办公室而去。我则返回旅馆等待，过了两个小时，西尔弗回来了。

"你见到摩根先生了吗？"我迫不及待地问，"他出了多少钱买下它？"

西尔弗坐下，手指轻拨着桌布上的流苏。

"我根本没见到摩根先生。"他说，"他一个月前就去欧洲了。不过，比利，让我百思不得其解的是，现在所有的百货公司都在打折销售同一幅画，装裱好的只卖三点四八美元。可是，他们单单为这幅画装个画框，这个画框就要收三点五美元——这真让我摸不着头脑！"

畅销书

一

去年夏天，我踏上了前往匹兹堡的旅程，说实在的，这次出差实属无奈之举。

火车内，座位满满当当，想那铁路公司定是赚得盆满钵满。环顾四周，不难发现，这里聚集的正是那种常见于豪华列车车厢中的乘客。女士们占据了多数席位，她们身着棕色丝绸连衣裙，衣襟上绣着方形的轭，蕾丝花边，戴着斑斑点点的面纱，从不让人把窗户打开。当然，车厢里也不乏男士的身影，他们来自各行各业，正向着未知的远方前行。在卧铺车厢里，一些深谙人性的学生只需一眼便能洞察他人的来历、职业、身份，乃至国籍和社会地位，但我却无此等神通，只有在火车遭遇不速之客的侵扰，比如遭遇小偷抢劫的紧张时刻，或与某位乘客不约而同地伸手去拿卧铺更衣室最后一条毛巾的尴尬瞬间，我才能对同行者做出一些粗略的判断。

此时，服务员推门而入，清理窗台上的烟灰，却不慎把些许灰抖落在我的左腿上，他连忙道歉，我则拍了拍裤腿，将灰尘拂去。

就在这时，一位戴着斑点面纱的女士，用她那茵特拉肯式（瑞士地名）方言高声说道："再关掉两个通风机。"因为这里的温度都飙到八十八华氏度了。我懒洋洋地靠在七号座位椅背上，目光不经意间被九号座位上的那位乘客吸引，他仅露出了一个又小又黑的光头。突然，他把书扔在了地板上，我低头一看，那书竟是时下热门的《玫瑰小姐与特里维廉》。我心中暗自琢磨，这位老兄要么是文学评论家，要么就是对文学艺术一窍不通的门外汉，不过我也懒得深究他的身份。然而，就在他转动椅子，面朝窗户的那一刻，我猛地认出了他——约翰·A. 佩斯卡德，匹兹堡平板玻璃厂的那位旅行推销员，我的老朋友。但我们已有两年未见。

很快，我们彼此认出了对方，随即热情地打招呼并握手。我们聊起了天气、生活状况、健康状况、居住的地方，以及此行的目的地等话题。我暗暗担心接下来可能会聊到政治，毕竟我对那方面知之甚少，但幸运的是，我们默契地避开了这个话题。

我真心希望你能结识约翰·A. 佩斯卡德，他并非那种天生就光芒四射的英雄人物，个子矮小，却总带着一抹灿烂的笑容，那双眼睛仿佛能洞察人心，连你鼻尖上的小红斑也逃不过他的注意。他偏爱一种样式的领带，对袖口夹和系扣鞋情有独钟。他就像坎布里亚钢铁厂锻造出的产品，勤勉不懈，为人忠厚正直。他相信，只要匹兹堡强制要求禁烟，圣伯多禄就会从天而降，坐在史密斯菲尔德街街角，派其他人去看守天堂的大门；他对自家公司生产的平板玻璃充满自豪，坚信这是这个世界上最重要的商品；在家乡时，他更是身体力行地践行着遵纪守法、体面为人的原则。

初识于日夜城，我并未深入了解他对生活、爱情、文学和伦理的见解。那时，我们只是围绕着当地的琐事闲聊，一起品尝了玛歌酒、爱尔兰炖肉、法兰绒蛋糕、热甜酱素饼和那不加牛奶的咖啡，随后便各自离去。如今，我愈发渴望深入了解他的内心世界。说来也巧，随着党派的竞选，生意逐渐回暖，他也将踏上前往焦煤镇的旅程。

二

"嗨！"佩斯卡德边说边用右脚尖踢了踢扔在地上的书，"这些畅销书，你读过吗？就是那种，主角是一名美国浪子，说不定还来自芝加哥，爱上了一位乔装打扮、化名游历的欧洲皇室公主。他跟着她，一路到她父亲的王国。这种桥段，你肯定不陌生，这些书中的情节都很相似。这位神秘莫测的浪荡公子，可能是华盛顿报的记者，纽约的货车驾驶员，或者是手握五千万资产的芝加哥小麦经纪人。他时刻准备着，只要听说哪个国家的王后、公主进入了豪华舱或者特等座，他立马就凑上去套近乎，梦想着能因此踏入皇室圈。至于他为啥这么干，书中也并没有细说。

"嗯，正如我说的那样，这个家伙一路尾随皇家公主到家门口，弄清楚了她的身份。某晚，在科索或斯特拉斯的街头偶遇，他们的对话被记录了下来，洋洋洒洒数十页。

这次偶遇，让他深刻体会到两人之间天壤之别的身份差距，于是他又写下几页，讲述自己如何成为无冕之王的故事。要是把他的这些言辞记下来，谱成曲子再抽去旋律，那感觉，就跟乔治·M.科汉的歌一个味儿。

"嗯，倘若你翻阅过这些畅销书中的任意一本，你就会知道，故事是如何展开的！当国王的瑞士保镖挺身而出，试图阻拦他时，他就会拳脚并用，轻松将他们一一击退。他还是位技艺超群的击剑手。我虽听闻芝加哥不乏恶名昭彰、好勇斗狠之徒，却未听说那里能孕育出如此出色的击剑手。他手持一把闪闪发光的剑，站在舒茨文斯坦城堡皇家楼梯的第一台阶上，把一群来刺杀国王的叛徒剁成了肉粒，犹如巴尔的摩烤肉一般。最后，他更是与数位大臣决斗，成功挫败四名奥地利大公爵为争夺汽油站而绑架国王的阴谋。

"然而，最为引人入胜的一幕，莫过于他的情敌——费奥多尔伯爵，竟然携带着老式机枪、长剑和一群西伯利亚猎犬，在铁闸门和废弃的小礼堂之间，对他发起了突袭。在出版商预收版税之前，这一幕就已经让这本书持续热销，直至第二十九版。

"主人公脱下外套，扔到猎犬的头上，他随后拍了拍老式机枪，紧握着长剑，仰天长啸'嚯'，这动作中带着美国著名拳师麦科伊小子独特的风格，完美地给了伯爵左眼一击。书中，这样精彩的小型拳击赛时不时会上演。那位伯爵仿佛是为了推动剧情发展而特意练就了高超的自卫技巧。书中这一段描述，往往被看作是科贝特和沙利文之战在文学上的翻版，展现了作者的文学功底。然而，当故事缓缓走向尾声，我们看到的是男主人公和公主在戈贡佐拉大道的菩桐树下，牵手许愿，厮守终身，这是约翰·塞西尔·科里绘图里温情的一幕。这样的爱情故事就结束了。不过，我注意到，这本书避开了最后一个问题，即便是畅销书，也应有其逻辑严谨的考量。它既没有交代男主人公是否坐上波茨国王的宝座，也未提及男主人公是否带着公主，在密歇根大道的一间意大利小屋里吃着鱼和土豆沙拉？你认为书的结尾是怎样的呢？"

"为什么问我呢？"我说道，"我不知道，约翰。有句话说得好，爱是不分等级的，你一定听说过。"

"确实如此。"约翰说道，"但是，这种爱情故事是有等级的。虽然我在平板玻璃厂工作，但对文学还是略知一二的。书中的有些观点或许失之偏颇，但我每次搭乘火车，仍会把它们带在身边。旧世界的贵族与我们这些初入职场的毛头小子之间的联姻，往往难以圆满。现实生活中，人们寻觅伴侣时，多是在自己的社交圈中挑选，比如，一个男孩会选择一位与他同校、同在一个音乐社团的女孩；年轻的百万富翁陷入爱河时，也倾向于选择与他们兴趣相投、来自歌舞团的女孩；而华盛顿报社的记者们，则常常与年长他们十多岁的寡妇结伴，因为她们能妥善照料他们的日常生活。不，先生，我并不认同书中让 C. D. 吉布森笔下那位聪明的年轻人仅凭身为健壮的美国人和一点健身基础，就跑到国外去颠覆王国的情节。当然，我们还是得看看原著的具体描述！"

佩斯卡德捡起这本畅销书，翻回他刚刚看的那一页。

"听着！"他说，"特里维廉正站在郁金香花园的后面，和阿尔维娜公主聊天，故事是这样的：

"'不要这样说，世界上最美丽、最可爱、最甜美的花朵，我敢奢求吗？你就像是皇室里高高在上的公主，而我，除了我自己，一无所有。但我是一个有决心、有胆识的男人。尽管我没有王冠加冕，但只要我拥有一只能够挥

舞利剑的手臂，就能把舒茨文斯坦从卖国贼的阴谋中解救出来。'

"想想看，一名芝加哥人，手里握着剑，嘴上虽然谈论的是打开猪肉罐头之类的东西，但实际上，他更有可能会为了征收罐头进口税而战斗。"

"我想我明白你的意思了，约翰！"我说道，"你是在说，小说作家得让故事背景和人物身份相称。不要把土耳其的巴夏（土耳其古代对大官的尊称）和佛蒙特州的农民、英国的公爵和长岛的挖蛤人、意大利的伯爵夫人和蒙大拿州的牛仔，还有辛辛那提的啤酒厂代理人和印度王公这些角色胡乱混搭。"

"还有不要将普通的生意人与地位高于他们的贵族扯到一起。"佩斯卡德补充道，"这一点都不好笑，无论我们是否愿意承认，社会确实存在着阶层划分，人们心中也往往有着明确的阶级意识。事实上，这种差异在生活中随处可见。我不明白，人们为什么辛辛苦苦挣钱去买那么多这样的畅销书。在现实生活中，你既见不到也听不到小说里那样充满荒诞嬉闹情节的故事！"

三

"好吧，约翰。"我说道，"我已经很久没读过畅销书了。或许我们的想法不谋而合。你近来怎么样，工作顺利吗？"

"挺好的。"约翰一脸喜色，立刻回答道，"自从上次见面后的这两年里，我不仅工资涨过了两次，还获得了一些佣金。我在东区买了一块风水宝地，建了栋房子。明年公司打算卖给我一些股份，这样一来，不管谁当选，我都会稳赚不赔。"

"找到爱人了吗？"我问道。

"哦，这事儿我还没跟你说，对吧？"约翰笑着说道。

"是啊！"我说，"这么说，你有时间谈恋爱了？"

"不，不是的，"约翰说道，"没那么浪漫，也不是你想象的那样的，我跟你说一说吧！

"大概一年半以前吧，我在去辛辛那提的途中，一位漂亮的女孩吸引了我，她在车厢通道的另一边。她并不特别，只是恰好长成了我喜欢的模样。我没有上前搭讪，没有借故找她要手绢，更没有送她回家，没有给她送情书，也没去她家找过她，她对这些事情不感兴趣。当时，她正沉浸在一本书的世界里，全神贯注地阅读着，我就这样远远看着她。她的存在，让我觉得整个世界都变得美好了！我不由自主地，一直沿着门边望着她，从在卧铺车厢看到她的那一刻起，我就一直这样盯着她。直到窗外掠过一间农舍，农舍门廊外面是一个草坪，藤蔓缠绕在架子上，我才渐渐收回了思绪。虽然我从没想过要和她交谈，但那一刻，平板玻璃厂的生意早已被我抛到了九霄云外。

"在辛辛那提，她换乘了一辆去路易斯维尔的卧铺车。抵达后，她又买了一张车票，途经谢尔比维尔、法兰克福和列克星敦。在那里，我开始感到追踪她的难度骤增。火车虽然沿着既定的轨道和方向前行，但仿佛随心所欲地穿梭于时间之中，没有明确的目的地。最终，它在站口而不是镇上缓缓停下。我敢打赌，若那位大侦探知晓跟踪这位小姐的巧妙手段，定会以远超平板玻璃推销员的高薪聘请我为他效力。我小心翼翼地避开她的视线，确保自己不被察觉，却也未曾让她从我的视线中消失。

"傍晚时分，约莫六点，她抵达了弗吉尼亚，这是她此行的终点。下车后，眼前的景象令人印象深刻：约五十栋房屋错落有致，四百名黑奴忙碌其间，还有不少的矿物废料、骡子和满身斑点的猎犬。

"一位白发苍苍、身材高大的老人迎了上来，他看起来像明信片上的尤利乌斯·恺撒大帝和罗斯科·康克林一样神采奕奕。他的衣服略显陈旧，我后来才注意到这一点。他接过她手中的小包，穿过木板路，沿着山坡一路向前走。我则紧随其后，装作是在寻找上个星期六姐姐在沙滩上野餐时丢掉的戒指。

"他们从大门进入屋内。这座房子位于山顶上，仰望之际，我几乎不由自主地屏息，它是我有生以来在森林中见过的最为宏伟的房子，矗立着一千英尺高的白色柱子，院子内则是玫瑰丛、灌木丛和紫丁香，若非其规模堪比华盛顿的国会大厦，恐怕难以察觉其存在。

"'我定要探个究竟。'我喃喃自语。我原本以为她家境一般。现在看来，这要么是州长官邸，要么是新世界博览会的农业大厦。我思量着，不如先回镇上，去邮政局发个邮件或者让药剂师开药，借机打听些关于她家的信息。

"在镇上，我发现了一家名为'海湾观景酒店'的松林旅馆，其名号或许仅因院前那匹吃草的枣红马。我放下我的样品箱，故作轻松地询问房东是否需要订购平板玻璃。

"'我不要平板玻璃。'他说，'但我确实需要一个玻璃糖蜜罐。'

"闲聊间，话题自然而然地转到了镇上的家长里短，我就趁机向他打听消息。

"'这事儿你还不知道啊？'他说，'我以为镇上人人都知道，山上那座大白宫的主人是谁呢。那是艾林上校的家，弗吉尼亚州最伟大、最优秀的人物，在其他州也绝对算得上最优秀的。他们是这个州历史最悠久的家族。最近下火车回来的，正是上校的女儿，她刚从伊利诺伊州去探望生病的姑妈归来。'

"我在旅馆办理了入住手续。到了第三天，我看见那位年轻的小姐，她正在前院的栅栏旁散步。我停下脚步，举起帽子，跟她打招呼，这是我当时能想到的最自然的方式。

"'打扰一下，'我说道，'能否告知辛克尔先生的住处？'

"她冷冷地看着我，好像我是来给花园除草的那个人。

但紧接着，我捕捉到了她眼中闪烁的一丝笑意。

"'据我所知，'她说，'伯奇顿这个地方，并没有名辛克尔的人，'她接着说，'你要找的那位先生是个白人吗？'

"'是的！'我兴奋地回应，'千真万确！虽然我是匹兹堡人，但我并不抽烟。'

"'看来你真的离家很远了。'她说。

"'就算再走上一千英里也在所不辞！'我说道。

"她听了这话，脸颊微微泛红，像是院子里盛开的玫瑰般娇艳。然后她说道：'要不是火车在谢尔比维尔开的时候你醒了，你也来不了这里！'我想起在谢尔比维尔车站，曾坐在长椅上看她坐哪趟车，结果等得睡着了，幸好及时醒来。

"接着，我满怀敬意且真诚地向她讲述了此行的目的，毫无保留地分享了我的一切，包括我来此的初衷，以及我为何如此急切地想要与她交谈，希望能够赢得她的好感。

"她听后，微微一笑，脸颊微红，但眼神并不糊涂，始终注视着我。

"'佩斯卡德先生，以前从未有人跟我说过这样的话。'她说道，'你刚说你叫什么来着——约翰？'

"'约翰·A。'我说。

"'你差点儿也没赶上波瓦坦站的火车。'她笑着回应，在我听来，她的笑就像一台行车记录仪，好像知道我一直在跟踪她。

"'你怎么知道的？'我问。

"'男人嘛，总是那么粗心大意，'她说，'我在每列火车上都能见到你，原本以为你会找我搭话，但你没那么做，我还挺高兴的。'

"我们交谈了几句后，她的神情变得既自豪又庄重，转身指向那座宏伟的房子。

"'那是艾林家族的府邸，'她说，'我们家族在艾姆克夫特这片土地上已经扎根百年了。我以我们的家族为荣。你看那栋大厦，它有五十个房间，里面有柱子、门廊和阳台，接待室和舞厅的天花板更是高达二十八英尺。我的父亲是佩绶带伯爵的直系后裔。'

"'说起来，我曾在匹兹堡的杜克斯纳酒店为一位伯爵佩戴过绶带，'我说，'他并没有表现出不满，因为他把注意力放在了莫农加希拉威士忌和女继承人上，戴完绶带后又变得容光焕发。'

"'当然，'她接着说，'我的父亲绝不会允许让一名推销员涉足艾姆克夫特。如果他知道我在和栅栏那边的人说话，他会把我锁在房间里。'

"'你会让我来这儿吗？'我问道，'如果我给你打电话，你会接听吗？因为，'我接着说，'如果你允许我来看你，我可以为伯爵们佩上绶带或背带，用别针固定。'

"'我们尚未正式介绍相识，继续交谈似乎不太妥当。所以，恐怕我得说再见了，先生——'

"'说出我的名字，'我说，'我知道你还记得。'

"'佩斯卡德。'她略带不悦地回答。

"'全名呢！'我故作严肃地说。

"'约翰，'她说。

"'约翰什么？'我追问。

"'约翰·A，'她昂起头说道，'你还要问多久？'

"'我明天会去拜访你的父亲。'我说。

"'他可能会用猎狐犬来招待你呢。'她笑着说道。

"'真那样，恐怕只会让猎狐犬跑得更加起劲，'我说，'毕竟，我也算得上是一个猎人。'

"'我现在必须得进去了，'她说，'我本不该与你交谈

的。希望你一路顺风，回到明尼阿波利斯或者匹兹堡，好吗？再见！'

"'晚安。'我回应，'那不是明尼阿波利斯，请问你叫什么名字？'

"她稍作犹豫，随后从灌木上摘下一片叶子，说道：

"'我叫杰西。'

"'晚安，艾林小姐。'我说。

"第二天早上十一点整，我按响了世界博览会主楼的门铃。大约过了四十五分钟，一个年约八十的黑人老仆来询问我的来意。我递上名片，说明想见上校，随后他便引领我入内。

"嘿，你试过敲开那些内部藏虫的英国核桃吗？这栋房子给人的感觉就像那样。这里面的家具连装修一套八美元的公寓都不够，里面只有几张老旧的马鬃躺椅、三条腿的椅子，以及墙上挂着的一些镶框的祖先雕像。但当艾林上校步入房间时，整个房间似乎亮了起来。你仿佛能听见一个乐队演奏的旋律，看到一群戴着假发、穿着白袜子的老家伙在跳四对方舞。尽管他依旧穿着我在车站看到他时那种破旧的衣服，但这就是他的作风。

"有那么九秒钟，我吓得差点打退堂鼓，心里盘算着直接给他推销一些平板玻璃算了。但我很快稳住了心神。他叫我坐下，我把将事情的来龙去脉和盘托出。从我在辛辛那提如何尾随他女儿，到我的目的、我的薪水，以及未来的打算，我都一一坦白了。我向他解释了我的生活准则——在家乡，要保持体面与正直；出门在外，则要节制，一天不超过四杯啤酒，花费不超过二十五美分。起初，我以为他会把我从窗户这里扔出去，但我还是硬着头皮继续说，还趁机提起了那个弄丢小笔记本的西方国会议员和离婚女子的故事——你还记得那个故事吧。这让他笑了起来。我敢打赌，这是那些祖先画像和马鬃沙发这么久以来听到的第一次笑声。

"我们聊了整整两个小时。我毫无保留地分享了我的一切，然后他开始向我提问，我也竭尽所能地回答。我只请求他给我一个机会。如果我无法赢得他女儿的芳心，我就离开，绝不再打扰。最后他说：

"'如果我没记错的话，查理一世时期有一个叫柯特妮·佩斯卡德的爵士。'

"'如果有这么一位的话，'我回应道，'那他肯定与我们家族无甚关联，因为我们家族世代居住在匹兹堡及周边地区。我有一个做房地产生意的叔叔，还有一个叔叔在堪萨斯州遇到了麻烦。你可以向老烟城的任何人打听我们家族的其他成员，他们都会给出好评。你听说过捕鲸船船长让水手祈祷的那个故事吗？'我说道。

"'非常愿意聆听！'上校说。

"于是，我把这个故事告诉了他，他听后开怀大笑！我心里暗自祈愿，他能成为我的顾客，让我能推销出一大笔玻璃订单！接着他说道：

"'佩斯卡德先生，依我之见，分享些趣闻轶事和幽默故事，是增进并维系朋友间融洽关系的一种极其愉悦的方式。如果你不介意，我愿与你分享一个我与猎狐的故事。或许能给你带来几分欢乐。'

"他花了四十分钟讲述这个故事。你猜我笑了吗？好了，当我停止笑时，他叫来了皮特，那个年迈的黑人，吩咐他前往旅馆，把我的手提箱拿到这儿来。在这个镇上，那只手提箱就是我的全部家当，也是我唯一引以为豪的东西。

"过了两个晚上，正当上校酝酿着下一个故事，我终于寻得机会，悄悄溜出，和杰西小姐单独在走廊上聊天。

"'今晚定会很美好。'我说。

"'他很快就来了，'她说，'这次，他打算给你讲那个老黑人和绿色西瓜的故事，每次看过洋基队和公鸡队比赛后，他都会讲。'

"'还有啊，'她接着说，'记得那次在普拉斯基市吗？你差点就没跟上。'

"'是的，'我说，'我记得，我当时在上台阶时滑了一下，险些摔倒。'

"'我知道，'她说，'而且我——我怕，约翰，我怕你摔倒。'

"然后她从大窗户爬进屋内。"

四

"焦煤镇到了。"列车员边走边喊道，列车缓缓驶入站台。

约翰像一个老旅客那样从容不迫地收拾帽子和行李。

"我一年前娶了她。"约翰说，"还记得我提过的在东区建的那座房子吗？佩绶带的——我说的是上校——也在那儿。每当我远行归来，我发现他总是在大门口等着我，兴许是盼着听我旅途中的新鲜事儿呢。"

我从车窗边瞥了一眼窗外，焦煤镇映入眼帘的除了堆积如山的煤渣和煤块，便是凹凸不平的山坡和几间荒凉的小屋，显得格外荒凉。此时大雨倾盆，雨水汇聚成湍急的溪流，小溪汹涌湍急，从黑黢黢的泥土中奔腾而出，溅起水花，又洒落在铁轨之上。

"约翰，这地方可不适合你卖平板玻璃啊！"我说，"究竟是什么风把你吹到这偏远之地来了？"

"为什么这么说？"约翰说，"前几天我带杰西去了趟费城游玩，回程时她似乎注意到那边窗户上花盆里的牵牛花，跟她在弗吉尼亚老家种的一模一样。于是我就想，何不在这里逗留一晚，看看能不能为她挖一些插枝或花朵。我到了，再见，老朋友。这是我的地址，有空来看我们。"

火车开动了，那位戴棕色斑点面纱的女士执意要将车窗合上，因为现在雨水正打在她们身上。列车员拿着神秘的魔杖过来，点燃燃料，发动了列车。

我向下瞥了一眼，看到了那本畅销书。我把它捡起来，小心翼翼地把它放好，以免雨水把它打湿。就在这一刻，我的嘴角不禁上扬，仿佛突然领悟到了生命的真谛——它不分国界，不辨你我。

"祝你好运，特里维廉！"我说，"愿你能如愿以偿，把牵牛花送给你的公主！"

闹　剧

5月的夜晚，月光皎洁如水，温柔地洒落在墨菲太太的私人公寓上。翻阅历书可知，此时正值月华满溢，夜空分外迷人。春天已至盛时，新柳吐露嫩绿、桃花李花竞相绽放，公园内春意盎然。西部和南部的商人们纷纷涌入此地，使得这里更加热闹非凡，充满了生活的气息。鲜花与避暑度假胜地的代理商们忙碌穿梭，招揽顾客。随着气候日渐和煦，一切都显得那么井然有序，法官们也收起了严肃的面孔。手风琴、音乐喷泉和纸牌游戏，各种声响交织在一起，构成了一首明亮欢快的奏鸣曲。

墨菲太太私人公寓内，窗户大开，一群房客坐在高高的台阶上，身下铺着像德国薄饼般圆而平的席子。

而二楼的一扇窗前，麦卡斯基太太正坐着等着她的丈夫回家。搁在桌上的晚饭要凉了，好似热气跑进了麦卡斯基太太的体内。

　　晚上九点，麦卡斯基先生回来了。胳膊上挎着外套，嘴里叼着烟斗。他走到房客们聚集的台阶旁，一边寻找位置，好放下他那双九号长 D 码宽的大脚，一边连声道歉说打扰了。

　　推开房门的那一刻，他愣住了。往常晚归时总要面对的"欢迎仪式"——飞来的锅盖或是马铃薯捣烂机的攻击，今天竟然没有上演。取而代之的，是几句尖锐的话语！

　　麦卡斯基心中暗想，或许是 5 月柔和的月夜也触动了妻子的心弦，让她变得温柔了。

　　"我刚刚都听见了。"代替平底锅的唠叨开始了，"你都能为你那双笨脚踩到台阶上那群闲人的衣角而道歉，却让我一个人在窗口等你那么久，一直等到脖子都有晾衣绳那么长，也没见你给我一个吻，说一声'对不起'！饭菜都凉了，我敢肯定，对你来说，一年到头，每周六晚上不在加勒格尔家喝光你的工资，你是不会回来的。而且，你知道吗？今天收煤气款的人都来两次了。"

"你这个无知的女人！"麦卡斯基把外套和帽子甩在椅子上，说道，"你吵得我快没胃口了！你这么无理取闹，就是成心捣乱，你能不能文明点儿！要从挡道的太太们中间穿过，说声抱歉只是出于绅士本分。能不能从窗口收回你那张冷若冰霜的脸，去热菜啊！"

麦卡斯基太太缓缓地站起身来，朝火炉走去。她的表情预示着危险即将来临，仿佛是在向麦卡斯基先生发出警告的信号！她的嘴角突然下沉，就像晴雨表一样，预示着接下来可能是一场激烈的"餐具雨"。

"说我冷若冰霜？"麦卡斯基太太话音未落，一只装满了培根和萝卜的炖锅便呼啸而来。

麦卡斯基对于如何迎战这场风暴，早就训练有素，他知道，"头道菜"后又会是什么。他抄起桌上那盘用三叶草点缀的烤猪腰肉，用力掷回，紧接着，一块陶瓷盘子装的面包布丁又朝他飞来。随后，麦卡斯基扔出一大块瑞士奶酪，精准地击中了麦卡斯基太太一只眼睛以下的地方。

麦卡斯基太太抓起咖啡壶精准地还击，里面装满了滚烫的、微香的黑咖啡，按照"上菜"的惯例，这场战役也该结束了。

麦卡斯基绝非善茬，岂会轻易善罢甘休？如果小气的波希米亚人愿意的话，就让他们把咖啡当作终结吧，麦卡斯基可不愿就此收场，他更狡猾。他在外面就餐时，见过餐后用于清洁手指的碗（洗指碗），虽然墨菲的膳宿公寓里没有这等物件，但他手边的搪瓷脸盆正好可以派上用场。他得意地把脸盆扣向麦卡斯基太太。这位欢喜冤家及时躲开了，然后伸手抓起了熨斗，显然是想以此作为压轴一击，为这场美食决斗战画上句号。就在这紧要关头，楼下传来一声巨大的哀号声，两人不约而同地停下了手中的动作。

　　在房子拐角处的人行道上，警察克利里正竖着耳朵，听楼上锅碗瓢盆的混战声。

　　"又是詹恩·麦卡斯基和他太太在闹腾。"警察想道，"要不要上去管管呢？罢了，夫妻间的小打小闹，也是他们难得的娱乐方式，应该不会太久。只是，往后他们吃饭，不得不借更多的盘子啰。"

　　就在这时，楼下传来一声哀号声，应该发生了什么恐怖的事情。"可能是那只猫。"警察克利里说着，随即加快步伐，朝另一个方向赶去。

　　台阶上的房客们瞬间变得紧张起来。图米先生，这位天生的保险公司捐客，又以调查研究为职，闻声冲进屋内，想要弄清楚那尖叫声是怎么回事。不一会儿，他出来了，通报信息说，墨菲太太家的小儿子不见了。在他身后，墨菲太太跳了出来，眼泪汪汪，歇斯底里，呼天抢地。她的小儿子调皮捣蛋，满脸雀斑，重约三十磅。儿子不见了，对于母亲而言的确如晴天霹雳，但墨菲太太的样子未免有些滑稽可笑了。图米先生和旁边的女帽商珀迪小姐边握了握手，两人对小男孩的失踪深感同情，却也只能为他祈祷。就连平日里总抱怨走廊喧闹的老用人沃尔什姐妹，此刻也急得团团转，四处打听是否有人去钟座后面寻找过孩子。

坐在最高一级台阶上的是格里格少校，旁边坐着他那体态丰腴的太太。他站起身来，扣上上衣的扣子，说道："小家伙丢了？我得全城搜索，帮忙寻找。"以往天黑后，他的胖太太是绝不会让他出门的，但此刻，她却用她那略带男中音的低沉嗓音说道："去吧，卢多维奇！谁要是看到那位母亲的悲伤还能无动于衷，那他的心就硬得像石头！""给我三毛或六毛钱吧，亲爱的，"少校说道，"迷路的孩子有时会走失很远，我得准备点车费。"

丹尼老人住在四楼后面的厅堂里，现在正坐在台阶的最低处，借着街灯读报纸。他翻了一页，读着那篇关于木匠罢工的文章。然而，墨菲太太对着月亮尖叫："哎呀！呃——呃——迈克！看在上帝的分上，我可怜的小宝贝，你现在在哪儿？"

"你最后一次见到他是什么时候？"丹尼老人问道，一只眼睛盯着建筑行业联盟的报道。

"哦，"墨菲太太哭着说，"就是昨天，也许是四个小时以前！我不记得了，但他一定是不见了，我的小儿子迈克。今早，他好像还在人行道上玩呢！也许是星期三早上？我忙得一团糟，连日子都记不清了。我把家里里里外外找了个遍，可我的宝贝儿子，就这样不见了。哦，我的天啊！"

这座大城市，曾经与那些指责它的声音抗衡，但它始终是寂静的、阴森的、庞大的。人们常说，这座城市铁石心肠，胸膛里没有跳动着怜悯的脉搏，是座冷血之城。街道被比作孤独的森林和充满熔岩的沙漠。但人们未曾想过，正如龙虾坚硬的外壳下藏着的是一道美味可口的食物。或许，换个比喻会更能让人理解，而这样的比喻，应该不会有人心生反感。如果没有那坚硬无比、张牙舞爪的爪子，我们就不会称其为龙虾。

没有比丢失一个小孩更能触动人心肠的事情了。孩子们的脚步尚且蹒跚，而世界的路却布满荆棘与坎坷。

格里格少校步伐匆匆地走下街角，沿着大街走向比利的商店。"给我一杯浓黑麦酒。"他对伙计说，"在这附近，你有没有见过一个迷路的六岁小淘气鬼，腿有点弯，脸上还脏兮兮的？"

图米先生仍然坐在台阶上，握着珀迪小姐的手。"想想那个可怜的小宝贝。"珀迪小姐说，"从他母亲身边走丢了，说不定已经葬身在疾驰骏马的铁蹄下了。啊，那太可怕啦！"

"确实让人揪心，"图米先生附和着，握紧了珀迪小姐的手，"我这就出门帮忙找找！"

"你应该这么做。"珀迪小姐说，"可是，唔，图米先生，你行事总是风风火火的，万一在找人的时候出了什么意外，那可怎么办啊？"

丹尼老人用一只手指指点着报纸上的某行字，一字一句地继续读着仲裁协议。

而在二楼的前窗边，麦卡斯基先生和太太停下了脚步，歇了口气。麦卡斯基先生弯着食指抠出背心上的萝卜，而麦卡斯基太太则不停地揉着眼睛，因为刚才烤猪肉的汤汁溅到了眼里，让她感到十分不适。突然，楼下传来的尖叫吸引了他们的注意，两人挤着探出头来，看看下面发生了什么事情。

"是小迈克不见了。"麦卡斯基太太压低声音说，"那个漂亮又爱捣蛋的小宝贝！"

"是那个男孩走丢了吗？"麦卡斯基先生探出窗外问道，"哎呀，这可真是糟糕！男孩丢了可是大事啊！要是丢的是个女人我倒乐意，因为她们走了，家里能清静不少呢！"

麦卡斯基太太不顾丈夫的话里带刺，轻轻抓住了他的胳膊。

"詹恩，"她深情地说，"墨菲太太的小儿子不见了，这城市太大，孩子一不小心就会走丢，那个孩子才六岁。詹恩，如果六年前我们生一个孩子的话，现在也该是那么大的小宝贝了。"

"可我们好像从来没有生过。"麦卡斯基仔细想了想，回答道。

"万一如果我们有过呢？詹恩，如果我们的小费兰丢了，在城市里迷路了或者被拐走了，你想，今晚我们会是怎样的心痛难当啊！"

"你真是胡思乱想，"麦卡斯基先生说，"如果真有那么一天，孩子的名字也应该是帕特，以我在坎特里姆的老父亲的名字命名的。"

"你瞎说！"麦卡斯基太太平静地说，"我哥哥抵得上你们好多个，你现在情况一团糟！孩子要用他的名字命名。"她又从窗台上探出身来，俯视着下面熙熙攘攘的人群。

麦卡斯基太太轻声说："詹恩，对不起，我刚才太冲动了。"

"就像你说的，这是新鲜出炉的布丁。"她丈夫说，"还有热腾腾的萝卜和香味四溢的咖啡。我们就把这当作一顿快餐吧。哈哈，我说得对吧？"

麦卡斯基太太把手伸进丈夫的怀里，握住他粗糙的手。

"听！可怜的墨菲太太哭得多伤心啊！"她说，"孩子在这么大的城市里走丢了，太可怕了！如果换成是我们的小费兰，詹恩，我的心恐怕早已碎成千万片了！"

麦卡斯基先生尴尬地抽回了手，搭在太太的肩膀上。

"哎呀，你这想法真是过虑了。"他粗暴地说，"但话说回来，倘若我们的小帕特被绑架了，或者发生了什么事，我也会很难过的。但是，夫人，咱们得面对现实，咱们膝下并无子女。朱迪，有时候我对你又刻薄又残酷，你别往心里去啊！"

两人紧紧相依，目光低垂，共同注视着下方这揪心又感人肺腑的一幕。

他们就这样坐了很久。人行道上，人群熙熙攘攘，拥挤不堪，每个人都在为孩子的下落而焦急万分，议论纷纷，谣言和一些不合理的猜测弥漫在空中。墨菲太太在他们中间来来回回地走着，就像一座软绵绵的肉山，从山上倾泻下来的是几乎听得见的眼泪，那声响啊，简直如瀑布一般。报信的人们在人群中穿梭不息。

就在这时，公寓前再次响起了喧闹声，新的骚动开始了。

"朱迪，情况怎么样了？"麦卡斯基先生问。

"这是墨菲太太的声音。"麦卡斯基太太听着说，"她说，小迈克找到了，原来他睡在她房间床底下一卷旧油毡后面。"

麦卡斯基先生不禁放声大笑。

"你的费兰也会那么做。"他嘲讽地喊道,"至于帕特,他可做不出这等事。假如咱们那纯属虚构的儿子走丢了或被拐了,就权当他是费兰好吧,看他会不会像条小癞皮狗似的,躲在床底下。"

麦卡斯基太太拖着沉重的身躯,缓缓起身,嘴角下拉,朝碗柜走去。

随着人群逐渐散去,警察克利里从拐角处折回。他惊讶地抬起头,耳边传来麦卡斯基公寓里铁器和瓷器的碰撞声,厨房碗具被扔碎的声音依旧刺耳,与往日无异。克利里掏出表看了一眼时间。

"我的天啊!"他惊呼道,"詹恩·麦卡斯基和他的夫人这架,都打了一小时十五分钟了。他太太可比他壮实了四十磅,他可得费很大力气才能应付得来啊!"

说完,警察克利里又去拐角处巡逻了。

夜幕降临,墨菲太太正忙着锁门准备就寝,这时,丹尼老人折好报纸,匆匆走上台阶。一切又风平浪静了!

巴格达的鸡

毋庸置疑，伯爵奥古斯特·迈克尔·冯·保尔森·奎格继承和发扬了哈里发哈伦·阿尔·拉希德的许多精神和天赋。

奎格的餐厅，位于第四大道，这条街道似乎在城市的发展过程中逐渐被遗忘了。第四大道发源和成长于鲍里街，发展速度时慢时快，却始终坚定地朝北延伸。

在穿过十四大街的地方，博物馆和平民剧院的灯光交相辉映，显得第四大道宽敞明亮，展现出勃勃生机。这里，本有机会成为西边的林荫大道那样的富人区；或是发展成东边的大道那般热闹繁华的国际金融区。第四大道经过的联合广场，昔日回响着运货马车整齐划一的阵阵马蹄声，十分默契地发出雷鸣般的轰隆声，这种声音很容易让人想起军队前进的脚步声——真是美妙极了！而今，这里四面的建筑物高耸入云，宛如堡垒一般，就像被群山环绕，静得出奇，成千上万的工作狂在此埋头苦干，日复一日。在大楼底部，有几家小水果店、洗衣店和书店，书店的橱窗里陈列着利特尔的《生存时代》和 G. W. M. 雷诺的小说。而紧邻书店的第四大道，给人一种孤寂的中世纪感觉，街道两旁布满了各式各样的"古董"商店。

打个比方，夜幕降临了，那些身披着斑驳锈迹盔甲的战士，伫立在橱窗里，高高举起生锈的铁护手，警惕地注视着疾驰的车辆，令人心生寒意。盔甲、头盔、大口径短枪、克伦威尔式护胸甲、火绳枪、战斧、长剑，以及死去的勇士们的匕首，在鬼魅般的光线中发出若隐若现的光芒。此时，从街角那些以南瓜灯或磷灯点缀的酒馆里，不时踉跄走出几个归家的醉汉，战战兢兢，他们还要再喝下一大杯啤酒来壮胆。他们沿着埃尔德里奇大街一路走去，两旁陈列的，是那些沾满鲜血的武器。第四大道被这些僵尸一般的遗物包围着，又被这些幽灵般的酒鬼踩在脚下，他们的内心深处，沉沦不堪，难觅一丝愉悦的气息。试问，这样的街道能迎来真正的发展吗？

　　第四大道不可能发展得好。经历了小里亚尔托戏院区的辉煌和联合广场的雷鸣般的轰隆声，第四大道已经走到了尽头。女士们、先生们，无需为它的消逝而流泪，这不过是街道的自取灭亡而已。随着一声尖叫和碰撞声，第四大道仿佛一头扎进了第三十四大道的隧道中，从此烟消云散。

　　第四大道惨遭蹂躏，悲惨落寞，结局凄凉，销声匿迹。这条几乎被人遗忘的街道附近，隐匿着一家名叫奎格的餐厅，它低调而不起眼。倘若你细心寻觅，定能发现那红砖外墙摇摇欲坠，橱窗里堆满了橙子、西红柿、蛋糕和馅饼，同时还陈列着芦笋罐头、纸质的大龙虾模型，甚至有两只马耳他小猫咪正睡在一堆生菜上。假如你乐意，坐在一张小桌旁，你便会看到桌布上被咖啡渍染得微微泛黄，仿佛是远去的日俄战争中日本的行军路线图——如果你乐意，你可以坐在那里，用一只眼留意雨伞，而另一只眼则可以看着那个可恶的骗子老板，他自称是我们亲爱的老朋友，还说自己是"印度贵族"，可给我们的调味汁瓶都是冒牌货。

奎格的伯爵头衔源自他母亲的家族，其祖先是萨克森的伯爵夫人。而他的父亲，是一位坦慕尼勇士，或许是因为遗传因素的淡化，他发现，自己既未能继承权势，也未能在市政厅有所建树。于是，他转而开了一家餐馆，虽非全心投入，却也经营得有声有色，足以支撑起生活。奎格本人，是一个很有思想、博览群书的人，他的血液里，既流淌着诗意的浪漫精神，也蕴含着对未知世界的冒险精神。白天，他是餐馆老板奎格。到了晚上，他就是那个伯爵——哈里发——波希米亚的王子——穿梭于城市的每一个角落，追寻那些古怪的、神秘的、难以言喻且深奥的事物。

一天晚上，九点钟，正是餐馆打烊之时，奎格关上了店门，踏上了他的探索之旅。他把上衣的扣子扣得高高的，紧挨着修剪得短短的棕灰色胡子，既显异域风情，又不失军人气质，更添了几分艺术家的雅致。衣兜里，他放着各式各样的卡片，上面写着文字。每张卡片都标有不同面值，可以在他的餐馆兑换食物；有些卡片只能兑换一碗汤或一份三明治和一杯咖啡；有些可以享用一天、两天、三天或更多的全套餐饮；有些是单次正餐；实际上，他还带了少数几张卡券，足以让人享受一周的餐食。这些卡片，是他每次出门的必备之物。他出门向西，朝着这座城市热闹繁华的中心区街道走去。

伯爵奎格虽非权贵，也不富甲一方。但他拥有一颗哈里发的心——即便无法企及哈伦·阿尔·拉希德的标准，也是可以谅解的。或许，在巴格达集市上施舍劳苦民众的金币，所带来的温暖和希望，还比不上一碗奎格炖牛肉给渔夫和曼哈顿的独眼苦行僧带来的温暖和希望。

奎格继续前行，寻找可以让他开心的奇遇，或者他可以帮助缓解痛苦的穷苦人。这时候，他注意到一群人，迅速聚集在百老汇大街和前面人行横道的一个交会处，人群在那儿呐喊、欢呼、打闹。他急匆匆地赶过去，只见一个年轻人，神情极其忧郁，心事重重，从口袋里掏出银币往街道中央撒去。随着慷慨之手的每一个抛物动作，人群就会欢呼雀跃，挤成一团去抢落下的赏赐。交通因此受阻，人群中，一名警察不得不弯腰维持秩序，敦促挡道者离开，努力让道路恢复畅通。

伯爵一看就意识到，这正是他的"囊中之物"，正是满足他渴望了解人类异常心理的机会。他迅速走近年轻人，抓住他的胳膊，用他那在餐厅里让侍者们也敬畏的低沉而有力的声音说道："立刻跟我走！"

"弄疼我了！"年轻人叫道，他抬起头来，眼神空洞无神，毫无表情地看着伯爵，"就像被一个号称无痛手术的牙医掐了一下。把我带走吧，阁下，我实在是受够了！有的鸡下蛋，有的鸡不下蛋。那母鸡到底什么时候下蛋呢？"

尽管内心依旧被深深的悲伤所笼罩，但年轻人还是跟随奎格离开了现场，沿着街道，来到一个小公园。

两人坐在公园的长椅上，奎格的心中充满了从伟大的哈里发那里所传承的责任感。他和蔼而关切地望着年轻人，打算与他倾心交谈，了解这个年轻人究竟遭遇了什么不幸，让他的心灵遭受重创，以至于用如此极端的方式来恣意挥霍和浪费家财。

"我刚刚演的是新泽西州庞普顿改编的基督山伯爵，像不像啊？"年轻人问。

"你刚才在街上撒银币，让大伙儿争抢！"伯爵说。

"就是这样，没错！我喝了很多酒，实在喝不下了，就把零钱撒向街道——我想诅咒鸡这个词，还有母鸡、羽毛、公鸡、鸡蛋，以及所有跟它沾边的东西！"

"年轻人！"奎格伯爵语气温和却带着不容忽视的威严，"虽然我们之间可能还没建立起完全的信任，但我希望你能畅所欲言。我了解这个世界，也了解人性，人是我的研究对象，虽不及科学家们观察甲壳虫那般细致入微，也不像慈善家透过理论和无知的面纱，总是那么深情地凝视着他接济的对象。我热衷于探索城市生活带给人们奇特而复杂的不幸，这既是我的乐趣，也是我的业余爱好。你或许听说过哈里发哈伦·阿尔·拉希德不朽的历史功勋，他在巴格达城深入民间，以明智仁慈的善行缓解了无数人的苦难。如今，我正谦卑地沿着他的足迹，在这座城市的街道上寻找奇遇和冒险，而非局限于破败的城堡或摇摇欲坠的宫殿。我相信，当人的心灵经历过多种力量的激烈撞击后，往往会产生魔法奇迹。我猜，你今晚的奇怪举动背后，定藏着难以言说的苦衷。你的行为看似荒诞不经、挥霍无度，但我觉得在这背后应该有隐情。我注意到，疯狂之后，你脸上写满了悲伤和绝望。我再次重申——我希望你能对我敞开心扉，因为我有能力帮你分担忧愁，提供建议。你不相信我吗？"

　　"哎呀，看你说的！"年轻人惊呼一声，眼中闪过一丝钦佩，暂时缓解了呆滞的悲伤，"阿斯特图书馆里，那位土耳其人的著作可不少呢，我对他并不陌生。小时候，我就读过《天方夜谭》，那位土耳其人是比尔·德维利和查理·施瓦布的结合体。但是，就算你挥舞着施了魔法的布块，让铜瓶里蹦出个黑巨人，再折腾个通宵达旦，恐怕也打动不了我。那种方法，在我这儿，行不通，半点用处都没有。"

"如果你愿意，不妨将你的故事分享给我。"伯爵高傲而又严肃地说道，脸上挂着一丝微笑。

"我的故事，几句话就能说完。"年轻人叹了口气说，"但说实话，我觉得你可能帮不了我！除非你是一个猜谜高手，否则，这一切努力都是徒劳，你还是坐着你神奇的魔毯回到博斯普鲁斯海峡去吧！"

年轻人和马具制造者的故事之谜

"我在格兰特街的希尔德布兰特马鞍马具店工作，一晃五年就过去了，每周能挣十八美元。这笔钱嘛，要是结婚的话，也算够用了，对吧？但是，我并没有结婚的想法。老希尔德布兰特和那些爱开玩笑的荷兰人一样——你懂的——总是讲些下流的笑话。脑子里装了一百万个谜语，以及捏造的从罗杰斯兄弟的曾祖父那里听来的奇闻逸事。我的同事比尔·华生，我们俩天天得忍受这些烂事。我们为什么要这么做？唉，还不是因为工作难找，再加上有劳拉在。

"劳拉是谁？她是老板的女儿，每天都来店里，大概十九岁的样子，在莱茵河边栅栏上，挂着一幅金发女郎的照片，照片上的女郎就是这个女孩。路人痴迷于金发女郎的美丽，常常忘记脚下的路，不慎落水者比比皆是。她的金发，跟草席一个色儿，眼睛嘛，乌黑发亮，就像最好的马具——想想看，你说这姑娘得多迷人啊！

"喜欢我？反正不是我就是比尔·华生，她对我们俩都挺好，一碗水端平。比尔对她那心思，简直有点不正常。我对她怎样？好吧，你看到了，今晚在栗色大道上撒银子的荒唐事儿，全是为了劳拉。我心里非常乱，阁下，我都不知道我想要干什么。

"怎么回事？今天下午，老希尔德布兰特对我和比尔说：'小伙子们，我有一个谜语给你们猜。一个不会猜谜解惑的年轻人，怎么能在商场上立足，怎么养家糊口呢？'他给我们出了一个谜语——有人称之为谜题——他窃笑着，让我们两人在明天早上之前找出谜底。他许诺说，谁猜对了答案，谁就能在星期三晚上去他家，参加他女儿的生日聚会。这意味着我们俩有一个人可以得到劳拉，因为她迟早要嫁人的，而这个人选，要么是我，要么是比尔·华生。老希尔德布兰特对我们俩都挺满意，但他也在为马具店的未来打算，想找个接班人。

"谜语是什么？谜语是这样的：'哪种母鸡下蛋最耗时？'好好想想！哪种母鸡下蛋最耗时？这听起来，像不像是一个荷兰人用如此荒诞的问题去赌他后半生的幸福？但又有什么办法呢？我对鸡的了解确实有限。你说你在效仿那个阿拉伯老人，救人民于水火，那么，现在你能不能吹个口哨，召唤一个精灵来，帮我解开这母鸡之谜呢？"

年轻人说完，奎格伯爵站起身来，在公园的长凳旁踱了几步，几分钟后重新坐下，语气中带着几分严肃：

"先生，我承认，八年来我四处探寻奇闻逸事，为人排忧解难，鲜少遇到难题。但今日这母鸡之问，实在有趣，也令我困惑费解。在我过去的观察和研究过程中，我忽略了母鸡的问题，未曾细究它们的习性、产蛋的次数和方式、品种、交配和寿命，也没有了解过它们的……"

"哦，别搞得跟易卜生的戏剧一样冗长沉闷嘛！"年轻人无理地打断了伯爵的话，"谜语——尤其是老希尔德布兰特的谜语——没必要那么较真，就像西姆·福特和哈利·瑟斯顿·派克他们爱猜的那种没什么主题的谜语。不过说来也怪，我就是猜不透这谜底。也许比尔·华生能猜出来，或许也不能，明天自有分晓。好吧，阁下，不管怎么说，我很高兴你能参与进来，消磨时光。我想，即便是哈里发哈伦·阿尔·拉希德的臣民向他提出此谜，他也未必能答出。那么，告辞，晚安！愿你平安，安拉保佑你！"

伯爵伸出手来，神色阴沉。

"非常遗憾！"他闷闷不乐地说，"我未曾料到，自己竟也有束手无策之时。'哪种母鸡下蛋最耗时？'这真是一个令人困惑的问题。我相信，有一种名为普利茅斯岩的母鸡，它——"

"打住吧。"年轻人说，"哈里发交易是一项非常严肃的事情。我想你绝对领略不到一个传教士在为约翰·D. 洛克菲勒辩护中的机智幽默。好吧，晚安，阁下！"

伯爵习惯性地摸索起口袋，抽出一张卡券递给年轻人。

"无论如何，请你收下这个！"他说，"或许将来能派上用场。"

"多谢！"年轻人说着，漫不经心地装进了口袋，"我叫西蒙斯。"

* * *

若有人认为，读者的目光应紧紧锁定在伯爵奥古斯特·迈克尔·冯·保尔森·奎格身上，那就大错特错了。实则，我的笔触已难以捕捉读者们的思维了，怕是要把你们"引入歧途"，让我们立马去看看，第二天在希尔德布兰特马鞍马具店，到底发生了什么事情吧。

希尔德布兰特体重两百磅，坐在长凳上，正往一条生牛皮的马颔缰上钉银扣。

比尔·华生推门而入。

"怎么样？"希尔德布兰特满脸笑意，打趣道，浑身肥肉乱颤，"你猜到谜底了吗？'哪种母鸡下蛋最耗时？'"

"嗯——我想是，"比尔边说边猥琐地挠着下巴，"希尔德布兰特先生，我猜应该是——活得最长的那只——对吗？"

"不对！"希尔德布兰特使劲地摇了摇头，说，"你错了！"

看来，比尔的希望破灭了，他只能系上干活的围裙，孤独终老了。

宛如《天方夜谭》中那个惨败英雄的年轻人走了进来——脸色苍白，神情忧郁，毫无希望。

"你呢？"希尔德布兰特问道，"你猜出来了吗？'哪种母鸡下蛋最耗时？'"

西蒙斯用呆滞的眼神看着他，眼神中有一股狠劲。他该不该诅咒这令人摸不着头脑、充满邪恶的幽默呢？诅咒他去死？何必要这样呢？算了，一切都是为了劳拉。

他沉默不语，双手插进上衣口袋，僵硬地站立着。就在这时，他的手奇妙地触碰到了伯爵赠予的卡片，他拿出卡片，看了看，就像要被绞死的人看着一只爬来爬去的苍蝇。卡片上，奎格用粗犷圆润的笔迹写着："持卡人可以兑换一只烤鸡。"

西蒙斯抬起头来，眼中绽放出光芒。

"当然是一只死鸡啰！"他说。

"太棒了！"希尔德布兰特兴奋地大叫起来，拍着桌子，"回答正确！今晚八点到我家来参加生日晚会。"

闪锌矿的讲价者

在扬西·格雷律师事务所中，名声最差的莫过于格雷本人了，他四仰八叉地躺在一把吱嘎作响的旧扶手椅上。这间摇摇欲坠的小事务所，用红砖砌成，与贝塞尔镇的主要街道齐平。

贝塞尔镇，这个坐落于蓝岭脚下的小镇，依山而建，抬头便能望见巍峨的群山。而在其脚下，遥远的谷底，有一条卡托巴河，浑浊的河水沿着静谧的山谷流淌，波光粼粼，泛着黄色的光芒。

6月酷暑，贝塞尔在阴凉处打瞌睡。屋内因为没有生意，而显得格外寂静。格雷斜靠在椅子上，耳边传来大陪审团办公室内玩扑克时筹码碰撞的"咔嗒"声。事务所办公室的后门敞开着，透过门缝，可以望见一条被行人踏出来的蜿蜒小路，它穿过草地，通向法院大楼。正是沿着这条小路，格雷曾一步步走向了自己人生的低谷——先是几千美元的遗产，接着是他的祖屋，最后连仅剩的一点自尊和男子汉气概也一并丧失。那帮人把他洗劫一空，他便成了破产的赌徒，整日酗酒，寄人篱下。尽管他还活着，但那帮曾经洗劫他的人却已不再允许他上桌，没有人相信他的话。每天的牌局照旧进行，看客很多，他是最不光彩、最令人唏嘘的一个。县司法官、县书记员、爱开玩笑的法官助理、同性恋律师和一个面色苍白被称为"山谷先生"的男人，他们围坐在赌桌旁。格雷早已输得倾家荡产，大家心知肚明，好言劝退，让他攒点钱了再来。

不久，格雷便厌烦了被孤立的滋味，起身去事务所上班去了。在那条倒霉的小路上，他蹒跚前行，嘴里喃喃自语。他从桌子底下拿出一个小口大酒瓶，喝了一杯玉米酿的威士忌，随后重重地瘫坐到椅子上，带着一种伤感的漠然，凝视着外面被夏日薄雾轻抚的群山。在闪锌矿的另一边，他看到一块白色的小块土地，那就是劳雷尔村，是他出生和成长的地方，也是格雷家族和科尔特伦家族世代恩怨的起点。如今，格雷家族的直系血脉中，唯有他这个不幸被拔毛烧焦的可怜虫尚存于世。而科尔特伦家族也仅剩下一位男性继承人，那就是艾布纳·科尔特伦上校，他身强体壮，地位显赫，身为州议会议员，与格雷的父亲是同时代的人。两家的仇恨是该地区典型的世仇，血淋淋地记录下了仇恨、冤屈和杀戮。但是，扬西·格雷心中并无复仇之火，他的思绪一片混乱，满脑子都是如何维持生计，甚至偶尔还会幻想何时能再赌上一把。最近，他家族的老友们保证为他提供食宿，但坚决不为他买酒，可他离不开威士忌。他的律师业务很久没开过张了，两年间未接一案，全靠借钱度日。如果他没有输得这么惨，他应该还有机会，如果再给他一次机会——他自言自语地说——如果他再赌一把，他定能翻身。但是，他已经没有什么可卖的了，他的信用也已经透支，没有人愿意借给他钱。

尽管处境艰难，每当想起半年前买下格雷家族老宅地的那两个人，他还是忍不住笑了起来，那是来自"背岩"的两个怪人——派克·加维和他的妻子。一提到"背岩"，山里人总是把手一挥，指向群山后面。人们都知道，"背岩"指的是那片遥远而神秘的峡谷，那是匪徒出没之地、狼和熊的巢穴之所。而这对夫妇，就隐居在闪锌矿高地最荒僻的小屋里，二十年来与世隔绝，无儿无女，也不以养宠物为伴，仿佛故意要与世隔绝。派克·加维在当地声名狼藉，人们都说他像个"疯子"。除了猎松鼠之外，他没有其他生活来源，不过偶尔也会做点（非法私酿的）威士忌酒生意，权当额外收入。一次"税务官"从老窝里把他拽了出来，他就像一只小猎犬一样，默默地、绝望地挣扎着，最终还是被送进了州立监狱，关了两年。出狱后，他像一只愤怒的黄鼠狼，重新回到了"背岩"。

幸运女神越过许多急切的追求者，飞进闪锌矿的腹地里，冲着派克和他忠实的伴侣微笑，十分反常。

一天，一群荒唐可笑的勘探者，戴着眼镜，穿着灯笼裤，来到了派克·加维的小屋附近。派克见状，生怕又是一群"税务官"，连忙抄起钩子上打松鼠的步枪，远远地朝着他们开了一枪。幸运的是，他没有打中，那些一脸茫然的勘探者走近后，派克才发现他们与"税务官"毫无瓜葛，反而即将为他带来财运。不久之后，他们以一大笔崭新的绿钞票，换取了加维家那块三十英亩的空地。他们说，之所以做出这么疯狂的举动，全是因为在这片土地下面埋藏着一层云母，这听来简直是牛头不对马嘴的无稽之谈。

突然间拥有了这笔横财，加维夫妇开始盘算着如何改善他们在闪锌矿上生活物资匮乏的问题。派克开始想到要买双新鞋子，买一大桶烟草放在角落里，还要给他的步枪配一个新的保险栓。同时，他把玛蒂拉带到半山腰，指着一处地方说，如果能在这里安置一架小炮——以他们现在的财力，这绝非难事——就可以控制和防御通向小木屋的唯一通道，让那些税务官和好事之徒再也无法侵扰他们。

但是，亚当没有看穿夏娃的心思。对他而言，这些东西代表着财富的实用力量。在他那昏暗的小屋里，其实还藏着更远大的抱负，超越了他原始的欲望。但玛蒂拉，这位经历了二十年闪锌矿风霜的女性，心中仍残留着一股女性的东西。多年来，她耳畔充斥着正午时分树皮剥落的声音，夜晚狼群在岩石间的嚎叫声，她的虚荣心被深深地隐藏起来。她身材走形，愁容满面，面色枯槁，了无生趣。但随着生活的改善，她又燃起了一股新的欲望，想要呈现女性的特权——坐在茶几旁喝下午茶，购置些华而不实的奢侈品，举办一些节日庆典活动，为这枯燥的生活添上一抹亮色。于是，她冷冷地拒绝了派克提出的防御体系，宣布他们应当融入世俗，在社交场所中进行交际，结识朋友。

最后，一切尘埃落定。加维夫人想在山谷中过着城市生活，而派克则向往原始隐居的生活，于是，劳雷尔村成了他们折中的理想之地。在劳雷尔村，偶尔举行的小型社交活动足以满足玛蒂拉对社交的渴望。而对派克而言，这里也不是完全不可以，因为这里紧邻大山，若是对时髦的社会生活感到厌倦，不得不取舍并做出选择的时候，他们也能马上归隐大山深处。

机缘巧合下，他们抵达劳雷尔村时，恰逢扬西·格雷急于变卖家产，就这样，他们以四千美元现金，从这位挥霍无度的格雷手中购得了他的老宅，格雷颤抖着双手接过巨款。

就这样，格雷，这位家族中最后的浪荡公子，被那群吃光他家产的狐朋狗友们驱赶了出来，四仰八叉躺在杂乱无章的办公室里。而街道的另一头，两个陌生人正住在他祖传的房屋里。

街道上，尘土在烈日下缓缓升腾，似有什么东西随其移动。一阵轻风拂过，驱散了尘埃，一匹懒散的灰马，拉着一辆崭新的马车驶入视线，马车漆得鲜亮无比。马车在格雷的事务所前转向，停在了门前的排水沟旁。

前排座位上，坐着一位身材高瘦、身着黑色呢大衣的男子，两只僵硬的手戴着黄色的羊羔皮手套。后座上，坐着一位体态丰腴的女士，她丝毫不畏六月的炎热，身穿一件紧身"易变色"的丝绸连衣裙，这是一套华丽的不断变换色彩的裙子。她笔直地坐着，手里摇着一把花哨的扇子，目光坚定地望着街那头。尽管，玛蒂拉·加维正满怀期待地迎接她的新生活，但多年的闪锌矿生活已在她的外表上刻下了烙印，她的面容被岁月雕琢成浅薄空虚的模样，脸上带着冷若峭壁的漠然，深藏内心的寂寥同样潜移默化熏陶着她。无论周遭环境如何变换，她似乎总能听到山崖间树皮"啪嗒、啪嗒"地掉落的声响，感受到闪锌矿夜晚特有的静谧。

格雷望着这辆庄严的马车驶近门口，内心并未泛起多少波澜。然而，当那位身形瘦削的车夫把缰绳绕在马鞭上，缓慢下车步入办公室时，格雷认出了这是焕然一新、摇身一变成为文明人的派克·加维，他战战兢兢地起身相迎。

格雷给他拿了一把椅子，加维坐下了。对于那些怀疑加维头脑是否健全的人来说，他此刻的面容便是最有力的证明。他的脸异常狭长，呈暗淡的藏红花色，宛如一尊静止的雕像。那双淡蓝色的、无睫毛的圆眼睛，更添了几分难以言喻的奇异之感。格雷并不知道，他这次为何而来。

"在劳雷尔村的生活还习惯吗，加维先生？"格雷询问道。

"一切都好，先生，我和加维太太对这座祖宅非常满意。她喜欢你以前居住的地方，对那里的环境赞不绝口。她渴望融进社会，享受与人交往的乐趣，现在她的愿望已经实现了。罗杰家、哈普古德家、普拉特家和特罗伊家的人都拜访过她了，她还到大部分人家去拜访聚餐，村里最有名望的人都邀请她参加了各种各样的活动。我不敢说，格雷先生，这些东西并不太合我的胃口，我还是更怀念大山里的日子。"加维那只戴着黄色手套的大手朝着大山的方向挥动着，"对于我来说，还是那儿比较好，那里才是我该待的地方，和野蜂、狗熊在一起。但今天我来，并非为了这些琐事，格雷先生。我和我太太想向你购买一件东西。"

"买！"格雷的声音荡气回肠，"你是说从我这买吗？"然后他苦笑了一下，"我想你是误会了，真的误会了。我已经都卖给你了，正如你所言，'一股脑儿全卖给你了，'我

203

全都卖给了你，就连通枪用的通条都不剩一根了。"

"你有，我们需要它。我太太说：'拿着钱大大方方地把它买下来。'"

格雷摇了摇头。"家徒四壁，一无所有！"他说。

"我们有钱，"这位山里人继续说，一副不达目的誓不罢休的神态，"有一堆钱。过去我们穷得叮当响，现在我们有钱，天天宴请客人。我太太说：'连村里最上等的人都和我们有了交情，但唯独缺了一样东西。'她说是买房时疏忽没列在清单上的，她说：'那么就带上钱，大大方方地把它买下来。'"

"说说看，到底是什么？"格雷说。他神经备受折磨，变得不耐烦起来。

加维把宽边软帽扔到桌子上，身体前倾，目光如炬地盯着格雷。

"你们家族之间有世仇。"他清楚而缓慢地说，"你们家族和科尔特伦家族之间有世仇。"

格雷闻言，脸色一沉，眉头紧锁。跟一个结有世仇的人，提他的世仇历史，严重违反了山里的规矩。这位来自"背岩"的山里人理应像律师般通晓此中规矩。

"我绝无冒犯之意！"他继续说，"这纯粹是做生意。加维太太对世仇之事颇有研究，山里的大多数上等人都有世仇。西特家的人和戈福家的人，兰肯家的人和博伊德家的人，塞勒家的人和加洛贝家的人，这些家族间的恩怨，短的二十年，长的已过百年。最近，进行复仇的人是你叔叔——佩斯利·格雷法官，休庭后，他从法官席上开枪打死了莱恩·科尔特伦。我太太和我出身贫寒，一无所有，自然不会有谁与我们结下世仇，甚至我们连家族体系都没有。我太太说，无论何地，那些显赫家族都背负着世仇。我们没有身份地位，所以我们要尽力买到这些。我太太说：'带上钱，大大方方地买下格雷先生的世仇。'"

松鼠猎人伸直一条腿，从口袋里掏出一沓钞票，扔在桌子上。

"这是二百美元，格雷先生，你可能会觉得，这点钱相较于你家族世代累积的仇恨而言，简直是杯水车薪，不划算极了。但是，你想想，你是你们家族仅存的成员了，若你一个人去报仇，恐怕只会引来杀身之祸。所以，这已经算是个公道的价钱了。我把它从你手里接管下来，这样我和我太太也就能跻身上等人之列了。收下这些钱吧！"

桌上的那一小卷钞票缓缓展开，它在桌上扭动着，跳跃着。加维说完最后一番话后，空气似乎凝固，没有一丁点声音，连法院大楼内打扑克筹码的"咔嗒、咔嗒"声都清晰可闻。格雷知道，县司法官刚刚赢了一局，他总是用低沉的欢呼迎接胜利，这种欢呼，虽然低沉，但还是随着波浪起伏的热浪飘过广场，传到了格雷的耳朵里。格雷的额头上冒着水珠，他俯身从桌子底下抽出那只用柳条盖着的小口大酒瓶，倒了满满一玻璃杯酒。

"加维先生，来点玉米酒？你刚才说的不是在闹着玩儿吧？你打开了一个全新的市场，不是吗？世仇——顶级的那种，值个二百五十美元到三百美元。小等级的世仇——也有二百美元，我没记错吧，加维先生？"格雷笑容中带着几分尴尬，皮笑肉不笑。

山里人接过格雷递来的杯子，喝着威士忌，瞪着眼睛，眼皮未动分毫，一饮而尽。律师以羡慕和钦佩的目光为山里人的豪爽喝彩。他给自己也倒了一杯，像个醉汉一样，一大口一大口地喝着，这酒酒香扑鼻，后劲强烈，令人瑟瑟发抖。

"二百美元。"加维重复说，"就是这个价。"

206

格雷突然被激怒了，猛地一拳砸在桌上，一张钞票因此翻转，碰到了他的手，让他不由自主地缩了回去，仿佛被什么尖锐之物刺到了一般。

"你跑到我这儿来，"他喊道，"带着这么个荒唐透顶的提议，真是愚蠢透顶，简直是对我的蔑视！你这是认真的吗？"

"是公平正当的交易。"猎松鼠的人说。他伸出手来，似乎准备收回那笔钱。接着，格雷意识到，自己的狂怒并非源于高傲或怨恨，而是对自己的愤怒。因为他清楚，自己正一步步深陷这泥沼中。一想到这里，他瞬间从一个愤怒的绅士，变成了一个急于成交的商贩。

"慢着，加维。"他脸色涨红，言语间略显紧张，"尽管二百美元有点儿不值得，但我接受你的报……报……报价。如果买……买家和卖……卖家双方都没意见，这笔买……买卖是可以谈成的。我来帮你打包好吗，加维先生？"

加维站起身，抖了抖他的呢大衣，说道："我太太会高兴的。你现在和这世仇无关了，它现在是科尔特伦和加维家族之间的世仇。格雷先生，你是个律师，咱们还是立个字据，白纸黑字，证明我们成交了。"

格雷抓起一张纸和一支笔。钱握在他湿漉漉的手里，其他一切都仿佛变得不再重要。

"无论如何，得写个销售凭证。'权利，称呼，买卖双方'……'永远有效以及——'不，加维，我们还是省掉'辩护'这一项吧。"格雷大声笑道，"你得自己捍卫这一称呼！"

山里人接过律师递给他的那张神奇的纸条，费了番功夫仔细折叠好，然后小心翼翼地把它别在口袋里。

此刻，格雷恰好站在窗边。"到这儿来，"他抬起手说，"看看你刚刚买下的敌人，他来了，就在街的另一边。"

山里人弯下他长长的身躯，顺着格雷所指的方向，透过窗户向外望去。艾布纳·科尔特伦上校，五十来岁、身材魁梧、文质彬彬，身穿双排扣长礼服，头戴一顶旧的高礼帽，这是南方议员常穿的衣着。他正从对面的人行道上走过。格雷瞥了加维一眼，如果真有黄狼那般凶猛的野兽，那加维和它正旗鼓相当。加维咆哮着，他那双凶残的眼睛盯着那个渐行渐远的身影，露出长长的琥珀色毒牙。

"就是他？啊，那个人？他曾经送我进过监狱，我一辈子都不会忘记他！"

"他以前是地方检察官。"格雷随口说道，"哦，对了，他还是个一流的神枪手。"

"我也是！我能在百码之外射中松鼠的眼睛。"加维说，"原来他就是科尔特伦！今天这笔交易真是值了。格雷先生，你们家族的世仇我接定了，保证做得比你们以往任何一次都痛快！"

他向门口走去，在那儿迟疑了一些，流露出一丝困惑。

"今天还想买点别的？"格雷见状，戏谑地笑道，"比如家族传统、祖先的鬼魂或家族不可告人的秘密吗？价格好商量！"

"其实还有一件事。"打松鼠的猎人停下脚步，回头说道，"这也是我太太正在考虑的。我对此倒没太大兴趣，但她特意交代我问一下，如果你愿意的话，她说就'公平交易，把它买下来'。你知道的，格雷先生，你祖屋后面雪松底下的那片墓地，埋着的是被科尔特伦家族杀死的格雷家族之人，墓碑上刻着他们的名字。我太太说，家族的墓地也是身份地位的象征。既然我们买下了世仇，那么另一件东西也得跟着买下。现在墓碑上的姓氏是格雷，是否也能改成我们的——"

"滚！滚出去！"格雷大声喊着，气得脸色发紫。他颤抖着手指，直指那个山里人，"滚，你这盗墓贼！谁敢动我家的祖……祖坟……滚！"

松鼠猎人走出门，垂头丧气地朝马车走去。待他爬上马车，格雷兴奋不已，连忙把掉到地上的钱捡起来。车子缓缓转弯离去，刚刚得到一点赌资的格雷，便火急火燎地沿着那条小路往法院大楼去了，那模样显得格外狼狈。

凌晨三点钟，格雷被拖回到事务所。他又赔了个底朝天，烂醉如泥。在那个脸色苍白的"山谷先生"的护送下，县司法官、爱开玩笑的法官助理、县书记员和同性恋律师把他抬了起来。

"扔在桌子上吧！"其中一人说道。接着，就把他扔到了堆满废书报杂物的桌上。

"就算喝成这样，他脑子里想的还是扑克里面的'一对2'。"县司法官略有所思地叹了口气。

"他喝得太多了。"同性恋律师说，"喝成这样还去打牌。不知道他今晚到底输了多少。"

"将近二百美元，真不知他哪儿来的钱。这一个多月来，他明明身无分文！"

210

"可能是接了一个客户。好啦，天快亮了，我们该走了。他醒来会没事的，顶多就是有点头晕，像有一窝蜂似的嗡嗡响。"

在清早的晨曦之中，那帮人悄无声息地离开了。白天，烈日透过未遮的窗帘，火辣辣地照耀着可怜的格雷，把熟睡的格雷笼罩在一缕淡淡的金色晨光中。不久，太阳就变成了一股灼热的、白色的夏日热浪，炙烤在他那斑驳陆离的红皮肤上。桌上凌乱不堪，格雷迷迷糊糊地动了动，脸转向窗边，一本厚重的法律书不慎滑落，砰的一声砸在地板上。他睁开眼睛，只见一个身穿黑色礼服、头戴旧丝绸帽的人正低头注视着他。那是面容慈祥、皮肤光滑的艾布纳·科尔特伦上校。

上校不知此次会面将如何收场，只好等着格雷先认出自己。二百年来，这两个家庭的男性成员从未有过心平气和的交谈。格雷眯缝着眼睛，模糊地打量着这位客人，随后平静地笑了。

"你带斯特拉和露西来玩了吗？"他平静地说。

"你认出我了吗，扬西？"

"当然了，上次你给我送了一根带哨子的鞭子。"

确实如此，那是二十四年前的事了，那时扬西的父亲还是他最好的朋友。

格雷环顾四周，上校明白，他准是渴了。"躺着别动，我给你弄点水来。"他说。走向后院的水泵，格雷闭上眼，听着水泵把手的嘎吱声和潺潺的流水声，对于一个口渴极了的人来说，那是多么美妙的声音啊。科尔特伦接来一壶凉水，端给他喝。过了一会儿，格雷坐起身——那模样甚是狼狈，惨不忍睹，他那套脏兮兮的亚麻夏装，皱成了一团，头发乱蓬蓬的。他费力地抬起一只胳膊，向上校挥了挥手。

"请原谅……一切，好吗？"他说，"我昨晚一定是喝多了威士忌，在桌子上睡着了。"他的眉头皱成了"川"字眉，满是困惑。

"和小伙子们出去啦？"科尔特伦和蔼地问道。

"没有，我哪儿也没去。这两个月来，我穷困潦倒，一分钱都没花。我想，大概又跟以前一样，把酒喝了个精光。"

科尔特伦上校拍拍他的肩膀。

"刚才，扬西，"他开始说，"你问我有没有带斯特拉和露西来玩。那时，你还没有完全清醒，可能是梦回童年了。

你现在清醒了，你听我说，我是从他们那里来的，来找他们儿时的玩伴，找我老友的儿子。他们知道，我要带你回家，他们像以前一样欢迎你。我想邀请你去我家住，想住多久就住多久，直到你完全恢复过来。我们听说，你被人蛊惑，落魄潦倒，我们一致同意，你再来我们家玩一次。你愿意吗，我的孩子？能否放下过去的恩怨，跟我回家？"

"恩怨？"格雷瞪大了眼睛，"从我记事起，我们之间哪有什么恩怨？我一直坚信，我们是最好的朋友。可是，天啊，上校，我现在这副模样，怎么能到你家里去呢——一个酒鬼，一个沉沦的浪荡子，一个赌徒……"

他摇晃着从桌旁站起，步履踉跄地走向扶手椅，泪水止不住地流淌，伤感万分。他是真心后悔莫及，惭愧之至。科尔特伦极力相劝，苦口婆心，循循善诱，一番话情真意切，让他想起了天真烂漫的童年，想起了那种简单的、纯真质朴的山野乐趣。渐渐地，格雷被说服了，相信科尔特伦的邀请是出自真心，希望他能接受诚挚的邀请。

最后，他告诉格雷，他正需要格雷在工程和运输方面的专长，将大量砍伐的木材从高山上运到水路上。他知道，格雷曾为此发明过一种装置——一系列滑道和滑梯——他曾以此为傲。刹那间，这个可怜的家伙，想到自己对别人还有用处，心里高兴极了，便把纸铺在桌子上，飞快地画着图，阐述着他能做什么，愿意做什么，但可怜的是，他双手颤抖，把线条画得歪歪扭扭。

他已经厌倦这种浑浑噩噩的日子，那颗浪荡的心又回到了重重群山，脑子里还塞满了奇奇怪怪的东西，过去的思绪和儿时的记忆，一个接一个地浮现在眼前，就像信鸽飞过暴风雨的海面一样，排山倒海，接踵而至。对格雷所取得的变化和进步，科尔特伦感到十分开心。

那天下午，科尔特伦家族的人和格雷家族的人并肩而行，友好地策马穿越城镇，这一幕让贝塞尔镇的居民大感意外。他们肩并肩骑着马，远离了尘土飞扬的街道，对周围投来的惊讶目光全然不顾，一路驰骋过小溪大桥，向山上走去。败家子格雷也把自己收拾得干净利落，打扮得体体面面。他在马鞍上摇摇晃晃，似乎在沉思着什么棘手的问题，科尔特伦没有打扰他，希望随着环境的改变，能让他尽快恢复平静。

行进间，格雷突然浑身发抖，差点摔了下来，他不得不下马，在路边稍作休息。上校预料到会如此，取出一小瓶威士忌，在路上给他喝。但是，递给他酒时，格雷坚决地摇了摇头，表示自己已决心戒酒。过了一会儿，他恢复过来，默默地走了一两英里路。突然，他勒住马，说道：

"我昨晚赌博，输了二百美元，可我想不起这钱是从哪里来的了。"

"别担心，扬西。山上的空气会帮你理清思绪的。首先，我们要去顶峰瀑布钓鱼，那儿鳟鱼像牛蛙一样，跳来跳去。然后，我们还要和斯特拉和露西一起去鹰岩野餐。你还记得吗？山胡桃夹火腿三明治对一个饥饿的渔夫来说是最美味的佳肴啊，扬西。"

显然，上校不相信他输掉二百美元的故事，而格雷则再次陷入了沉思，一言不发。

傍晚时分，他们已走了十英里的路，距离劳雷尔村仅剩两英里的路程。在村头不远处，约莫半英里开外，是老格雷家族祖宅；而村子的另一端，相隔一两英里，则是科尔特伦一家的居所。这条路现在变得崎岖难行，不过也有好处。倾斜的林荫道两边，枝叶茂盛，鸟语花香，沁人心脾的空气，使任何灵丹妙药都相形见绌。林荫下长满了青苔，林间空地显得暗淡，蕨类植物和月桂树丛中，一条小溪潺潺流过，闪烁着些许光芒。远眺山坡之下，山谷绿树葱茏，在乳白色的薄雾中如婴儿般酣睡，宛如一幅精美的山水画。

见他的同伴格雷沉醉于山峦和树林的景致，科尔特伦心中满是欣慰。现在，他们只需绕过陡峭的佩恩特悬崖，跨过埃尔德溪，爬上对面的小山，格雷便能回到那片曾被他挥霍一空的故土。轻车熟道，经过的每一块岩石，每一棵树，每一英尺土地，这一切的一切，他曾经是多么熟悉啊。虽然他已经淡忘了森林中的居所，但再次见到熟悉的一切，就像聆听《家，甜蜜的家》的音乐一样，让他兴奋不已。

绕过佩恩特悬崖，他们来到埃尔德小溪边，停下脚步让马匹饮水，马儿在湍急的水中撒欢，水花四溅。右边角落有一道围栏，他们在那里转弯，沿着大路和小溪走。围栏之内，是老宅的老苹果园，那所老宅还隐藏在陡峭的山崖下。围栏内外，生长着树莓、老树、黄樟和漆树，又高又密。一阵树枝的窸窣声吸引了格雷和科尔特伦的注意，抬头望去，只见围栏上方有一张长长的、黄色的、狼一样的脸，面色苍白，正目不转睛地盯着他们。那张脸瞬间消失，紧接着，灌木丛中一阵剧烈晃动，一个笨拙的身影穿过苹果园，在树丛中穿梭，朝老宅的方向跑过来。

"那是加维。"科尔特伦说，"确定无疑，他就是买你祖宅的那个人，这人诡异怪诞。几年前，他私自非法酿酒，虽然罪不至重，但我还是不得不送他进了监狱。怎么啦？怎么啦？扬西？"

格雷擦了擦额头，脸色苍白如纸。"我看起来也很怪异吗？"他问道，挤出一丝笑容，"我只是又想起了一些事情。"随着酒意逐渐消散，他的头脑变得异常清醒。

"我现在记起来了，知道那二百美元是从哪儿弄来的了。"

"别想了，"科尔特伦高兴地说，"以后我们有的是时间慢慢理清一切！"

两人骑马穿过小溪的支流，抵达山脚时，格雷再次停下了脚步。

"上校，你有没有觉得我是个很自负的人？"他问道，"看起来有点自以为是，实则愚蠢至极？"

上校实在不愿去看格雷那套下摆脏兮兮的亚麻服，还有那顶褪了色的阔边帽。

"在我的记忆里，"他略带困惑却仍带着善意地说，"我记得的是一个二十岁左右的年轻小伙子，穿着最合适的外套，梳着最光滑的头发，骑着蓝岭上最高挑的鞍马。"

"你说得对。"格雷急切地回应，"我还是和以前一样的，只是外表未曾显露。哦，我像土耳其雄火鸡一样贪慕虚荣，像魔鬼撒旦一样自恃娇宠。我想求你一件事，让我再放纵一下我的虚荣心！"

"扬西，你只管说。如果你愿意，我们甚至可以加封你为劳雷尔公爵和蓝岭男爵，你还可以从斯特拉的孔雀尾巴上取一根羽毛，戴在帽子上！"

"我是认真的。几分钟后，我们将经过那座山上的宅子，那是我出生的地方，我的家人曾经在那里生活了近一个世纪。如今，那里住着的是陌生人，而我，却成了这副落魄模样——衣衫破旧，一无所有，是败家子、是讨饭的，面对列祖列宗，我深感羞愧。科尔特伦上校，请允许我借用你的大衣和帽子，直到离开他们的视线。我知道，你一定认为我这么做既愚蠢可笑又自欺欺人，但上校，当我经过那座老宅时，我还是想尽量表现得体面一些。"

"现在这么做，还有什么意义呢？"科尔特伦一边自言自语，一边看着格雷。格雷看起来神志清醒，举止间流露着从容不迫，只是提这样的要求显得有些突兀。尽管如此，上校并未多加犹豫，答应了格雷的请求，迅速解开上衣的纽扣，仿佛这样的安排再自然不过。

外套和帽子在格雷的身上显得格外合身，他把外套扣子扣好。整个人瞬间变得相貌堂堂，尊贵不凡。他和科尔特伦身形相仿——高大魁梧，身姿挺拔，尽管两人年龄相差二十五岁，但从外表上看，他们就像是兄弟一般。格雷的面容比实际年龄更显老，脸庞肿胀且布满皱纹，上校脸庞则更加温润清新。他穿上格雷那件破旧的亚麻外衣，戴上那顶褪了色的阔边帽子。

"好了，"格雷说着，拿起缰绳，"我没事了。待会儿经过老宅时，你骑马跟在我后面，保持大约十英尺的距离，上校，这样他们才能清楚地看到我。无论如何，我要让他们知道，我并未彻底垮掉。无论如何，我想再一次体体面面地出现在他们面前。好啦，我们启程吧！"

格雷策马扬鞭，向山上走去。上校按照他的要求，紧随其后约十英尺远。

格雷笔直地坐在马鞍上，昂首挺胸，目光不时地向右侧扫去，敏锐地扫视着老宅基地院子里的每一丛灌木、围栏和一切比较隐蔽的地方。他喃喃自语道："这个疯子真的会采取行动吗？还是我一直在做梦，没醒过来？"

走到他家的祖坟对面时，格雷看到了他一直在寻找的东西——一股白色的烟雾，在一个角落里，从茂密的雪松中射出来。格雷慢慢地向左边倒下去，科尔特伦见状，急忙把他的马骑到格雷左侧，用一只手牢牢托住他。

猎松鼠的人枪法确实精准，子弹不仅击中了目标，也射向了格雷所预料的地方——穿过了艾布纳·科尔特伦上校的黑色外套，直中其胸膛。

格雷重重地靠在科尔特伦身上，没有从马背上跌落。两匹马肩并肩地走着，上校强壮的胳膊扶着他，确保他稳稳地坐在马鞍上。半英里外的劳雷尔村，几座白色小屋，透过树丛闪烁着银白色光芒。格雷伸出一只手，四处摸索，直到握住了科尔特伦抓住缰绳的手指。

"我们是好朋友！"格雷尽全身力气，他气息微弱，不能说得更多了。

他确实做到了！当扬西·格雷骑马经过他的祖宅时，无论从哪个角度看，他都拼尽全力，展示了他最好的一面。

特尔迪的登场

如果你未曾听闻博格尔小饭馆和家庭餐厅，那可真是遗憾之至。无论你是享受高档餐饮的幸运儿，对他人用餐选择充满好奇；还是精打细算，对每一分餐费都格外在意的食客，博格尔小饭馆都值得你一探究竟，因为在那里，你的钱是物超所值的——至少在数量上是值得的。

这家小饭馆坐落在布吉瓦日大道上，即布朗·琼斯·鲁滨孙大道，也就是第八大道。房间里有两排桌子，每排六张，每张桌子上都配备了一个调味瓶架，上面放着各种调味品和调味料，你可以从胡椒瓶里摇出一团无味而暗沉的东西，就像火山灰一样。至于盐瓶，也别抱太大期望，你可以从白萝卜中榨取血腥的汁液，但是，从调味瓶中取盐会让你大失所望。每张桌子都设有收款处。博格尔面容冷峻，不紧不慢，吞云吐雾，见钱眼开，来回收钱。他面前牙签成堆，不停地找零钱，换支票，然后像一只癞蛤蟆一样，蹦出一句关于天气的闲聊。虽然准确度有待考证，但是可以肯定的是，依据"印度贵族的食谱"仿制出来的上等酱汁，味道不错。

不要做无谓的冒险。你不是博格尔的朋友，你只是个来觅食的过客，在加布里埃尔吹响晚餐的号角之前，你们可能不会再见面，所以，收好你的零钱，离开吧——如果你愿意，让它随风去吧。

博格尔的观点就是这样。

在博格尔小饭馆，有两位女服务员，以及一个语音播放器。其中一个女服务员艾琳，她身材高挑、美丽大方、活泼可爱、待人和善，擅长插科打诨。你可能会想，她是否还有个别名？其实，在博格尔餐馆，没有必要再叫一个名字，就像没有必要再叫"手指碗"一样。

另一个女服务员叫特尔迪，你为什么建议叫她玛蒂尔达？请听着，她叫特尔迪！特尔迪！她身材圆滚，相貌平平，急于取悦他人。请注意，再重复一遍，她急于取悦他人！

至于博格尔的语音播放器，你是看不见的，它安装在厨房里，毫无新意，声音粗野，机械地复述着服务员对食物的呼喊，却并未显著提升服务效率。

再告诉你一遍，艾琳长得非常漂亮，你会感到厌烦吗？如果她穿上价值几百美元的衣服，出现在复活节游行队伍中，你也会这么评价她的。

艾琳的魅力吸引了众多顾客慕名而来。每当六张桌子坐满，她便出面招待。匆忙的人们，顾不得饥肠辘辘，都凝望着她快速穿梭的身影和曼妙的身姿，秀色可餐，大饱眼福。有些顾客便因为她的微笑而迟迟不愿离去，选择继续品尝美食。那里的每个人——大多数是男人——都想给她留下深刻的印象。

艾琳能同时与十几位顾客谈笑风生，妙语连珠。她的笑声像机枪里的子弹般直击人心。现在，她还会表演一些惊人的技艺，点上猪肉、豆子、炖肉、火腿、香肠和小麦，以及任何数量的食材，放在铁锅或平底锅里，挥舞着锅铲，把锅抖上抖下，麻利把菜做好放在一边。在博格尔吃饭，可以与艾琳在一起吃喝玩乐，打情骂俏，谈笑风生，这里几乎成了一个沙龙，而艾琳则成了当之无愧的雷卡米耶夫人。

对于偶尔光顾的顾客而言，艾琳的美丽足以让他们瞬间倾心。而那些常客，更是对她爱慕有加，彼此间会暗自较劲，每天晚上，艾琳都有约，每周至少有两次，她会受邀去看戏或跳舞。她和特尔迪私下里给一位矮胖的绅士起了绰号，叫"肥猪"，他送给她一枚绿松石戒指；另一个开着牵引公司的维修车的人叫"弗雷斯比"，计划在他哥哥第九次拿到牵引合同时送她一只贵妇犬；那个自称是股票经纪人，总是吃排骨和菠菜的，请她一起去"帕西法尔"旅行。

"那是个什么地方？"艾琳对特尔迪说，"不过，在我出发之前，是不是得先戴上结婚戒指呢？好吧，我想是这样的！"

但是，特尔迪！

在这人来人往，高谈阔论，香气宜人的饭馆背后，特尔迪的心却是一片荒凉。她鼻子扁平，头发干枯，脸上布满了雀斑，身材像个饭袋，从来没有一个爱慕者。当她穿梭于饭店之间，男人们的目光总是匆匆掠过，只有当他们对美食翘首以盼时，那眼神才仿佛野兽般急切。没有人愿意与她调笑，更无人对她说出那些风情万种的话语。她从未享受过像艾琳那样，被众人热情地道"早安"，或者开玩笑地指责她鸡蛋上桌迟了，一定是和那些让人嫉妒的情郎在一起，所以很晚才回家。从来没有人送过她绿松石戒指，也没有人邀请她到神秘而遥远的"帕西法尔"去旅行。

特尔迪是一名出色的女服务员，男人们对她都颇为宽容。坐在她桌旁的人会与她简短地聊几句，当然，主要是点餐事宜。然后，他们就提高嗓门，用特别亲昵的声调，滔滔不绝地和美人儿艾琳交谈。他们身体扭来扭去，目光四处搜寻，掠过走到身旁的特尔迪，捕捉艾琳的倩影，好像他们点的咸肉和鸡蛋会因为艾琳而变成珍馐美味。

尽管特尔迪没有像艾琳那样受到众多爱慕者的追捧，但她依旧心甘情愿地埋头做事。塌鼻子特尔迪喜欢矮小的希腊人，她是艾琳的朋友。看到艾琳成为众人瞩目的焦点，她打心眼里感到高兴，因为这样男人们就不会再只盯着菜肉馅饼和柠檬蛋白酥皮。哪怕满脸雀斑，发如枯草，在内心深处，即使是最不漂亮的人，都怀揣着成为某人心中独一无二的王子或公主。

某天早晨，艾琳走路绊了一跤，上班时眼睛带着淤青。特尔迪无微不至地照顾她，让艾琳的眼睛得到了舒缓。

"这是被一个陌生小伙子打的。"艾琳解释说，"昨天晚上回家，我经过二十三和二十六大街交叉路口时，他走过来搭讪，我停下脚步，冷冷地拒绝了他，他悻悻地走开了。但是，他一直跟着我，到了第十八大街，又上前自吹自擂了一番。天啊！我狠狠地扇了他一巴掌，结果他重重还了我一拳，打在我的眼睛上。看起来是不是很糟糕？特尔！我真不希望尼克尔森先生十点来喝茶烤面包时看到我这个样子。"

特尔迪听着这段奇遇，惊讶得说不出话来。她从未经历过这样的跟踪事件，生活一直平静无波。她在想，如果一个男人为了爱情跟踪一个女人，把她的眼睛打得瘀紫，这也是一种别样的幸福吧！

有一个名叫西达斯的年轻人，在一家洗衣店工作，常光顾博格尔饭馆用餐。他身材瘦削，头发稀疏，似刚洗过并抹了发胶。他羞怯内向，未曾引起艾琳的注意。平日里，他坐在特尔迪的一张桌子旁，全神贯注地享用着煮熟的犬牙石首鱼，不发一语。

某日，餐馆里只有两三个顾客，西达斯先生进来吃饭，喝了几瓶啤酒。吃完犬牙石首鱼后，他站了起来，搂住特尔迪的腰，粗鲁地吻了她一下，发出很大的声音。随后，走出大门，来到街上，朝着洗衣店的方向打了个响指，然后去游乐场的老虎机里玩起了硬币游戏。

特尔迪目瞪口呆地站在那里。过了一会儿，她看到，艾琳正对她摆动着食指，一边说：

"天啊，特尔，你这个品行不端的女孩！看不出来，你变得这么可怕！真是个狡猾的女人！我算是看明白了，你是要抢我的客人啊！我要对你提高警惕了，我的小姐！"

特尔迪恢复了理智，突然明白了一件事。一瞬间，她从一个绝望、卑微的羡慕者，一跃成为能与艾琳比肩的女性。她自己也拥有吸引异性的力量，变成了一个魅力女人，丘比特的靶心指向了她。过去那个不起眼的羞涩女孩已不复存在，取而代之的是被男人们注意到的纤细腰身和诱人双唇。

西达斯先生这一突如其来的示爱，在一天之内彻底改变了她的生活。他拿走她那件难看的粗麻布衣，把它洗干净，烘干，上浆，熨好，然后又归还回去，还回来的衣服

227

变成了一件绣花的上等细麻衣——宛如女神维纳斯的袍子。

特尔迪脸颊上的雀斑，因羞涩幸福变成了玫瑰色的红晕，那双明亮的双目中甚至可以窥见希腊女神赛丝和赛姬的影子。连艾琳都未曾在餐厅内被当众拥抱和亲吻啊！

特尔迪迫不及待地想要与人分享这个令人愉快的秘密！待顾客渐渐散去，她来到博格尔的办公桌前，眼睛闪闪发光，但又刻意压低声音，生怕显得过于张扬。

"今天有位先生非礼我了。"她说，"他搂着我的腰，吻了我。"

"是吗？"博格尔打开账本，说道，"下个星期，你每周工资涨一块。"

随后的日子里，特尔迪会在用餐时段为熟悉的顾客面前摆上食物时，她虽不欲张扬，但会谦逊地对他们说：

"今天，有一位先生在餐厅里非礼了我，他搂住我的腰，吻了我！"

渐渐地，顾客们以各自的方式接纳了这个消息——有的半信半疑，有的送上祝福，还有的则以轻松的玩笑回应。以前，这样的玩笑可都是艾琳的专属。特尔迪的内心开始膨胀，长久以来的平淡生活终于迎来了转机，她正义无反顾地踏上浪漫之旅。

西达斯先生已有两日未至。在这段时间里，特尔迪奠定了自己作为一名值得追求的女人的坚实地位。她买了缎带，头发梳得与艾琳一样，腰身收紧了两英寸。她既兴奋又忐忑，生怕西达斯先生会突然闯入，用手枪向她射击。因为，他爱她爱得死去活来，冲动的恋人总是盲目地嫉妒。

艾琳可从没经历过被人用手枪瞄准过呢！特尔迪希望他不要开枪，因为她对艾琳一向忠心耿耿，她不想使她的朋友相形见绌，黯然失色。

第三天下午四点，西达斯先生出现了。餐厅内空无一人，特尔迪正在餐厅的后端给芥末罐添加芥末，艾琳在分切馅饼。西达斯先生走了过来。

特尔迪抬头望见他，倒吸了一口气，把芥末勺按在自己的胸口。她头戴一个红蝴蝶结，胸前佩戴维纳斯第八大道的徽章，蓝色的珍珠项链上，一颗银色心形吊坠轻轻摇曳。

西达斯先生脸红了，觉得很尴尬。他一只手伸进臀部的口袋，另一只手伸向了一个新鲜的南瓜派里。

"特尔迪小姐，"他说，"我想为那天晚上的事道歉。说实话，我当时已经醉得不省人事，否则我绝不会做出那样的举动。当我头脑清醒时，我不会以那样的方式对待女人的。所以，特尔迪小姐，我希望你接受我的道歉，请相信，如果当时我神志清醒，如果不是因酒精的驱使，我是不会那么做的！"

表达完这番大方的恳求和道歉，西达斯先生觉得应该已经得到了特尔迪的谅解，便退了出去。

但是，在屏风后面，特尔迪倒在一张桌子上，躺在黄油片和咖啡杯中间，伤心地哭了起来。她仿佛又回到了灰色的原野上，觉得自己鼻子扁平，发如枯草。她扯下红蝴蝶结，扔在地上。她鄙视西达斯，只把他的吻看作是一次尝试、一次预演，来去匆匆。但是这个吻是伤感的，毫无意义的，空欢喜一场。现在，她必须永远保持睡美人的形象。

但并非一切都已黯淡无光。艾琳的胳膊搂着她，特尔迪通红的手在黄油片中摸索着，终于抓到了艾琳温暖的手，紧紧相握。

"别烦，特尔。"艾琳说，她并没有完全理解，"为西达斯那样种人真不值得，他长着一张萝卜脸，个子也不高，完全缺乏绅士风度，道歉也显得那么笨拙！"

寻宝记

傻瓜有很多种。现在，请大家安静下来，点到谁，谁就对号入座，好不好？

我当过各种傻瓜，唯独有一种例外。我挥霍家产，假装结婚，沉迷扑克，迷恋草地网球，开投机商铺——很快，财富如流水般散去，各安天命。但是，头戴系铃帽寻觅埋藏珍宝的滑稽把戏，我却未曾沾染，这样的狂热与痴迷，实属少数人的狂欢。在迈达斯国王所有可能的追随者中，没有一个人的追求能令人如此愉悦，美妙绝伦，充满希冀。

但是，我想稍稍偏离主题一下——这或许是蹩脚的作者常有的习惯——我是个多愁善感的傻瓜。自遇见梅·玛莎·曼古姆，我就认定此生非她莫属。她年方十八，肌肤胜雪，犹如新钢琴的象牙琴键一般，美丽动人，如同降临凡间的天使，天真无邪，庄严妖媚，却注定要生活在得克萨斯草原上一个平凡枯燥的小镇里。虽然容颜姣好，端庄美丽，却增添了几分令人哀怜的妖媚。她有一种气质和魅力，完全可以像摘草莓一样，轻而易举地从比利时或其他任何王国华丽的皇冠上摘下红宝石。而她对此浑然不觉，我也未曾向她细说。

你看，我想赢得梅·玛莎·曼古姆的芳心，与她共度余生。我要与她相依相守，让她每天晚上都把我的拖鞋和烟斗放在我找不到的地方。

梅·玛莎的父亲，一位络腮胡子和眼镜几乎遮掩了他面容的学者，他是一位昆虫学家，或是此类领域的专家，他的世界充满了各式各样昆虫，从甲壳虫到蝴蝶，从天上飞的到地上爬的，甚至还有喜欢钻人脖子和偏爱黄油的虫子。他终日在外，用纱网兜捕六月鳃金龟飞鱼，然后用大头针固定，赋予它们名字。

这个只有他和玛莎两人的家中，他把玛莎视为人类种族的珍稀样本，倍加呵护。玛莎照料他，确保饮食规律、衣着得体，以及那些保存标本的玻璃瓶里的酒精经常满着。

一般而言，科学家们大多马马虎虎、心不在焉。

除了我，还有一位名叫古德洛·班克斯的年轻人，他刚踏出大学校门，对梅·玛莎·曼古姆也抱有倾慕之情。他学识渊博，拉丁文、希腊文和哲学皆能信手拈来，尤其在数学和逻辑学领域更是出类拔萃。

我原本对他颇有好感。但是，他有一个不好的习惯，喜欢在人前卖弄学问，这一点我很不喜欢。即便如此，我们表面上仍维持着友好的关系。

我们一有空就聚在一起，都想从对方身上找到些蛛丝马迹，打探梅·玛莎·曼古姆心仪的对象——这种比喻或许有些复杂。但古德洛·班克斯不会落入如此俗套的陷阱，他深谙竞争之道。

或许你会以为，古德洛博学多才、温文尔雅、机智过人、风度翩翩，而我则更多与垒球和周五晚上的辩论会等联系在一起——尽管这些也多少与文化沾边——也许还会想到一个好骑手。

然而，无论是日常闲聊，还是在去拜访梅·玛莎时的谈话中，我们俩都弄不懂她到底偏爱我们中间的哪一个。梅·玛莎生来态度不明，估计孩提时期，就学会了高深莫测，让人难以捉摸。

正如我所说，曼古姆老头马马虎虎。就这样过了很长一段时间后，有一天，他发现——一定是一只小蝴蝶告诉他的——两个年轻人正试图"捕获"那个照顾他饮食起居的年轻姑娘，也就是他的女儿，或者说，是他其他类似的技术附属物。

令人惊讶的是，科学家们居然也能恰当应对这种局面。老曼古姆轻而易举地为古德洛和我贴上了口头标签，把我们划入脊椎动物中的最低层次；他用英语而非拉丁文，还提了一句奥格托里斯——赫尔维蒂之王——我也只懂得这么一句拉丁文。他还警告我们，若再敢接近，就会成为他标本集的一部分。

五天之内，古德洛·班克斯和我都没有去他们家，想等这场风波平息下来。五天以后，当我们鼓起勇气再次造访时，却发现梅·玛莎·曼古姆和她父亲已悄然离去。他们离开了！房子空空如也，大门紧闭，为数不多的家用品也搬走了。

梅·玛莎没有留下一句告别的话，也没有在山楂丛上别一张飘动的白纸条，门柱上未见粉笔记号，邮局里也没有留下明信片。关于他们俩的去向，我们一无所知，没有一点头绪。

随后的两个月里，古德洛·班克斯和我倾尽全力寻找他们，尝试了所有能想到的办法。我们跑遍了售票代理处、马车行和铁路售票站，还与镇上唯一一个高傲的警察拉关系，套近乎，希望能从他那儿得到一丝线索，但一无所获。

就这样，我和古德洛成为更亲密的朋友，也是暗中较劲的情敌。每天下午下班以后，我们都会聚在斯奈德酒吧的后屋，打着骨牌，试探对方是否有所发现或有线索。这就是情场角逐的方式。

古德洛·班克斯依旧爱炫耀他的学识，常带着几分戏谑，把我列为那类只配念"简·雷真可怜，她的小鸟死了，她没有什么可玩了"的人。

尽管如此，我还是挺喜欢古德洛的，虽然我瞧不起他卖弄大学里所学的知识。大家总说我脾气好，有耐心，其实是我想探听梅·玛莎的消息，才耐着性子，继续同他交往。

某日下午，他对我说：

"埃德，就算你找到了她，又能如何？曼古姆小姐很有主见，或许稍显稚嫩，但是，她注定追求的是超越你我能给予的、高层次的东西。和我交谈的人中，没有人比她更能欣赏古代诗人作家的魅力，没有人比她更能继承和发展他们的生活哲学了。你又何必徒劳无功？"

"我认为，"我说，"幸福的家庭，就是在得克萨斯州大草原上有一幢被橡树环绕的八居室的房子。"我接着说，"起居室里，有一架带自动弹奏器的钢琴，牧场上至少有三千头牛，还有一辆四轮马车和拴在柱子上的小马，随时听从埃德太太使唤——只要她高兴，梅·玛莎·曼古姆可以随心所欲地支配这片牧场的财富。她与我共度余生，白头到老。每天晚上，她把我的拖鞋和烟斗放在无法找到的地方。"我继续说，"未来的状况应该是，你学的课程、文化和哲学毫无价值——就像土耳其小贩摊上一颗干瘪的无花果一样。"

"她是为更高的目标而生的。"古德洛·班克斯再次强调。

"不管她是为什么而生的，"我回答，"现在，她失踪了。即使我没有大学学问，我也会尽快找到她。"

"这事儿可难说了！"古德洛说着，放下一张多米诺骨牌，我们一起又喝了些啤酒。

不久，一个年轻农民来到镇上，我认识他，他递给我一张折叠规整的蓝色纸条。他说，他的祖父刚刚离世，我强忍悲痛。他接着说，这张纸条是老人家小心翼翼地珍藏了二十年的宝贝，如今作为遗产的一部分留给了家人，除此之外，还有两头骡子和一小块非可耕地。

那纸是美国南北战争时期的蓝色纸。上面写着 1863 年6 月 14 日，记录着有十驮价值三十万美元金币和银币的地点。老伦德尔——他孙子萨姆的祖父——从一位西班牙牧师那里得知了这个消息，这位牧师曾是宝藏掩埋的见证者，多年前——不，是多年后——牧师在老伦德尔的家里去世了。老伦德尔根据牧师的口授记录了下来。

"你父亲怎么没去找这个宝藏呢？"我问小伦德尔。

"他还没来得及找就瞎了。"他回答。

"你自己为什么不去找呢？"我问。

"好吧。"他说，"我是十年前才得知这张藏宝图的。首先是春耕，紧接着我锄掉玉米地里的杂草，然后给牲口准备过冬的饲料；日子就像流水般匆匆而过，不知不觉就错过了时机。"

我觉得他的话诚恳可信，所以对这位年轻的李·伦德尔深信不疑，于是便着手准备和他一起去寻宝。

纸条上的指引清晰明了。整个驮着财宝的小驴队从多洛雷斯县一个古老的西班牙传教活动基地出发，根据指南针的指引，朝正南方向走去，直至阿拉米托河。过河后，把财宝埋在一座小山顶上，山的形状像个驮鞍，位于两座高山中间。他们用一堆石头留作标记，标明了埋藏财宝的地方。几天后，除了西班牙牧师侥幸逃脱外，所有的人均被印第安人杀死。这一秘密外人并不知道，只有老伦德尔知道。我觉得，这一说法合情合理。

李·伦德尔提议，我们该准备一套露营装备并雇用一个测量员，搞准确西班牙传教基地到藏宝点的路线，找到这三十万美元的金银币，然后去沃斯堡游山玩水。我虽没有受过高等教育，思维也很简单，但想出了一个既省时又省钱的方法。

我们前往国家土地管理处，根据老传教基地到阿拉米托河一带的全部测量图，请他们绘制了一个方便操作的草图。在草图上，我对着南方画了一条穿过河流的直线，然后精确标注了每条测量线的长度和各段距离的长度。借助这些信息，我们找到了河上的那个点，并与之建立了"关联"，这正巧位于西班牙国王菲利普资助的洛斯阿拉莫斯五里格勘测图上的一个重要区域，很好辨认。

此举极大地节省了费用和时间，省去了聘请测量员的麻烦。

随后，李·伦德尔和我套好了一辆两匹马拉的大车，配备了所有的装备，驱车一百四十九英里，到达了离我们要去的地点最近的城镇奇科。在那里，我们找到了一位县副测量员，他帮我们找到了洛斯阿拉莫斯五里格勘测图上的那块区域。按照我们草图上的线路，陪我们往西赶了近三英里。在那里，我们搁一块石板，一起喝了咖啡，吃了咸肉，然后县副测量员便搭上装运邮件的马车回奇科。

我深信，我们会得到那三十万美元。因为所有开销均由我承担，李·伦德尔仅能分得三分之一，我可以分到二十万美元。我想，有了这笔钱，如果梅·玛莎·曼古姆还活在世上，我一定能找到她；有了这笔钱，我就可以让蝴蝶在老头曼古姆的鸽舍里翩翩起舞了；多么希望我能找到这个宝藏啊！

李·伦德尔与我扎下营寨。河对面有十几座小山，山上长满了郁郁葱葱的雪松。可是，没有一座山的形状像驮鞍，但这并未打消我们的热情。不能仅仅看外形。驮鞍山就像美人一样，只存在于爱它的人的眼中。毕竟，情人眼里出西施嘛。

于是，我们如同女士搜寻讨厌的跳蚤一样，对那些长满雪松的小山进行了地毯式搜索，从河边两英里的范围内的每一山坡、山顶、四周，到其平均海拔、角度、坡度和凹度，无一遗漏，整整忙碌了四天。然后，我们无可奈何，只得套好那两匹花毛马和暗褐色马，打道回府，把剩下的咖啡和熏肉拉回到一百四十九英里外的康丘市。

归途中，李·伦德尔不停地嚼着烟草而我则专注地赶马车，急着回家。

空手而归没多久，我便与古德洛·班克斯聚在斯奈德酒吧间的后屋，玩多米诺骨牌，互相打探消息，我向古德洛倾诉了我的寻宝之旅。

"如果我找到那三十万美元，"我对他说，"天涯海角，我也要找到梅·玛莎·曼古姆。"

"她是为更高的目标而生的。"古德洛说，"我要亲自去找她。不过，你得跟我说说，您是怎样去找这个据说随意埋藏宝藏的地方的呢？"

我详细地向他讲述了一遍，还把那幅草图给他看了，上面的远近标注得十分清楚。

他粗略地扫了一下，然后往椅子上一靠，发出一阵讥讽的笑声，以示他知识渊博，高人一等。

"哎，你这个傻瓜，吉姆！"他终于忍住笑，对我说道。

"轮到你出牌啦。"我耐心地说，摆弄着手里的一对6。

"二十。"古德洛说完，在桌子用粉笔划了两个十字。

"为什么说我是个傻瓜？"我问道，"以前很多地方都发现过埋藏的珍宝。"

"因为，"他说，"你在计算直线与河岸相交点时，忽略了磁差。那里的磁差应是偏西9°。把铅笔给我。"

古德洛·班克斯在一个信封背面快速地写着什么。

"从北到南，以西班牙传教基地为起点，整整二十二英里。"他说，"据你描述，你们用的是一个袖珍指南针，考虑到磁场差异，在阿拉米托河边，真正藏宝的地点与你实际到达的地点正好往西偏了不到七英里。噢，吉姆，你真是个傻瓜！"

"你说的磁场差异是什么意思？"我问，"我认为，数字才是硬道理。"

"磁罗盘的变化，"古德洛说，"源于与真正的子午线之间的偏差。"

他神秘地一笑，脸上露出了寻宝人特有的那种贪婪的神情。

"有时候，"他带着神谕的神气说，"这些藏钱的古老传说并非空穴来风。让我再看看那张描述藏宝地点的草图。或许，我们共同……"

就这样，原本互为情敌的古德洛·班克斯和我，意外地成了冒险寻宝途中的伙伴。我们从最近的铁路小镇亨特斯堡，乘车前往奇科镇。到达后，我们雇了一辆篷车，装上露营装备并找到上次雇的测量员，按照古德洛根据磁差修正的距离，重新测定路线。测定完毕后，我们便让测量员回去了。

抵达目的地时，天色已晚。我喂完马，在河边生火做晚饭。古德洛本可以帮上忙，但他所受的大学教育，让他不屑于干这些烧火做饭之类的杂活儿。

在我生火做饭时，他就诵读古人的伟大思想来给我解闷，他滔滔不绝地引用着希腊文的译文。

"阿那克里翁，"他解释道，"这是曼古姆小姐最喜欢的一段话，我每次朗诵时，她就是这么说的！"

"她是为更高的目标而生的。"我重述着他的话。

古德洛问道："有何能比活在经典之中，沉浸于学习和文化的氛围中更为高洁之事？你经常谴责教育，可是你对简单数学问题都一无所知，这岂不是浪费了诸多心力？若非我学识渊博，指出你的错误，你何时才能找到宝藏？"

"我们先去河对面的那些小山看看。"我说，"看我们能有什么发现。我仍然对你的话持怀疑态度，从小到大我都坚信磁针是正对北极的。"

次日早晨，6月的阳光格外明媚。我们早早起身，用过早餐后，古德洛对周围的秀丽山色赞不绝口。我在烤咸肉时，他忍不住吟诵起诗篇，大概是济慈，还有凯莱或雪莱的诗歌。我们正准备过河，那只不过是一条浅浅的小河，我们要渡河去对岸，查看许多尖尖的雪松覆盖的小山。

"我的好尤利西斯啊！"古德洛边说边轻拍我的肩膀，

当时我正在洗早餐用的锡盘，"再让我看看那份施了魔法的藏宝图吧，我相信，它能指引我们攀登像驮鞍一样的小山。我从未见过驮鞍。驮鞍什么样，吉姆？"

"这回，经验战胜文化知识！"我说，"待我一看便知何为驮鞍。"

古德洛看了看老伦德尔的藏宝蓝图，突然冒出一句颇为失态的咒骂。

"你来看，"他说着，把那张藏宝蓝图举到太阳底下，"看那个。"他说着，用手指给我看。

在那张蓝色的纸上，有一处我未曾留意的地方，我看到了一串醒目的字母数字："马尔文，1898年。"

"这有何特别之处？"我问。

"这是水印标记。"古德洛说，"这张纸生产于1898年，可是这张纸上的文字却写于1863年，这显然是伪造的。"

"哦，不太可能！"我说，"伦德尔一家可靠纯朴，出身乡野，学识有限，或许是造纸厂搞了什么猫腻。"

古德洛·班克斯，作为受过高等教育的大学生，虽心中有气，却也尽力克制，他摘下眼镜，怒视着我。

"我早就说过，你就是个傻瓜！"他说，"你被一个乡巴佬骗啦！骗了就骗了，你又来欺骗我！"

"我怎么骗你啦？我可没强迫你参与啊！"我反问道。

"因为你的无知，"他说，"我两次发现你的寻宝图中存在致命漏洞，只要接受一点普通学校教育，你就可以避开这些陷阱。而且，我已为此投入不菲，再无财力继续这种寻宝的骗人把戏了。到此为止吧！"

我站起来，用一只大锡勺子指着他，这勺子是刚从盘子里拿出来的。

"古德洛·班克斯，"我说，"在我看来，你所受的那些教育才一文不值。旁人的学识我或许还能勉强接受，但你的，我却嗤之以鼻。受教育了又怎么样？知识对你而言只是一种祸害，还让你的朋友都避之不及！走开！去你的水印和磁场差异！它们影响不了我，也不会动摇我觅宝的决心。"

我用勺子指着河对面的一座小山，山的形状就像一个驮鞍。

"我要去搜那座山，寻找宝藏。"我继续说，"现在就决定，你到底还干不干，如果一个水印和磁场变化就让你打退堂鼓，你就不是一个真正的冒险家，快做决定吧。"

不远处，河边的路上，扬起一阵白色的尘烟，一看便知是从赫斯帕卢斯去奇科的邮车。古德洛拦住了马车。

"我受够了这个骗局。"他愤愤不平地说，"现在只有傻瓜才会相信那份藏宝蓝图。你一直都是个傻瓜，吉姆。好自为之吧，我不奉陪了。"

说完，他拎起行李，怒气冲冲地爬上邮车，扶了扶眼镜，在一片尘土飞扬中绝尘而去。

洗完盘子，我把马牵到绿油油的新鲜草地上，拴好马桩。然后，蹚过浅浅的小河，穿过密密麻麻的雪松，慢慢地爬上了一个驮鞍形的小山顶上。

那是一个美妙绝伦的 6 月天。我从未见过如此多的鸟、蝴蝶、蜻蜓、蚱蜢，以及各种在空中翱翔、在田野间跳跃的有翼和带刺的生物。

从山脚到山顶，我搜遍了那座形状像驮鞍的小山。结果发现，这儿没有一堆石头，没有古老树木上的路标纹痕，也没有老伦德尔所讲的与宝藏有关的任何迹象。

下午时分，天气慢慢凉爽下来，我下了山。刚刚穿过雪松林，意外地闯入了一个美丽的绿色山谷，那里有一条支流汇入阿拉米托河。

在那里，一个野人般模样的怪物闯入我的视线，让我大吃一惊。他披头散发，胡子拉碴，正追赶一只长着漂亮翅膀的大蝴蝶。

"兴许，这是从疯人院里面逃出来的疯子。"我不禁好奇，这茫茫山野，他是如何辗转至此的。

我继续前行几步，看见小溪边有一间爬满藤蔓的小屋。小屋旁边，有一小片长满青草的林间空地，梅·玛莎·曼古姆正在那里采摘野花。

她直起身子，目光与我相遇。自从认识以来，我第一次看到她的脸——那脸庞纯净无瑕，宛如初新钢琴白色琴键——泛起了红晕。我缓缓朝她走去，一言不发。她采摘的花束慢慢地从她手里滑落，散落在草地上。

"吉姆，我就知道你会来！"她一字一句地说道，"父亲不许我给你写信，但我知道，你会来找我的。"

接下来发生了什么你可能猜到了——毕竟，你也知道，我的车辆马匹就在河的对岸。

我常常想，教育若只停留在口头的华丽，而不能转化为实际的力量，那它的价值何在？若教育的果实更多地滋养了他人，而非自己，那追求学问的初衷又是什么呢？

247

这些思绪，皆因梅·玛莎·曼古姆而起，我们相守至老，在橡树林中筑起了一栋八居室的房子，房里有一架带自动弹奏器的钢琴，围栏里面还有三千多头牛，我们的幸福生活就这样悄然展开。

晚上我骑马回家时，我的烟斗和拖鞋就被放在了我找不到的地方。

但这一切，又有何妨？谁会在乎，谁又在乎呢？

爱情信童

这个季节，这个时候，公园里一般没有常客。一位年轻的小姐坐在人行道旁的长凳上，或许只是心血来潮，想来公园坐一会儿，提前感受一下春天即将来临的气息。

她坐在那里，似乎在想什么事情，一动不动。她有一张年轻美丽的脸庞，嘴唇微扬，显得坚毅而果断，但脸上忧郁不安，似乎近期有什么心事让她难以释怀。

一个身材高大的青年匆匆穿过公园，沿着她坐着的那条道走来。在他身后，跟着一个提着手提箱的男孩。青年的脸色在见到女子的瞬间变得复杂，时而泛红，时而苍白。走近时，他焦急地望着她的脸，心怀希望。很快就走到离她不远的地方，很显然，她没有意识到他的到来。

走了大约五十码，他突然停了下来，也坐在一边的长凳上。那男孩放下手提箱，好奇而机警地盯着他。年轻人拿出手帕擦了擦额头，可以看出，这手帕很精美，年轻人的眉毛也很有型，这真是一个俊朗的年轻人！他转身对男孩说道：

"你去帮我给那边长椅上的年轻女士传个口信。告诉她，我正赶往车站，准备去旧金山参加那里的阿拉斯加猎鹿队。她曾要求我不要与她交谈，也不要写信给她，我就只能用这个办法最后一次请求她，认真考虑一下过去的一切。告诉她，无端指责并抛弃一个无辜的人，且不给任何解释的机会，这与她内心的善良是相悖的。告诉她，我这样做，在某种程度上确实违背了她的禁令，但我仍抱着一线希望，希望她能了解事情的全貌，对我多一些公正。去告诉她吧！"

年轻人掏出五十美分，放到男孩手里。男孩那张虽沾满尘土却充满灵气的脸庞上，一双明亮的眼睛，看了他一会儿，随即转身跑向女子。在离她几步之遥的地方，他停下脚步，显得有些犹豫，但并不胆怯，只是摸了摸后脑勺上那顶旧格子自行车帽的帽檐。

那位女士以一种不冷不热的态度望着他。

"小姐,"他说,"那边长椅上的先生让我给您传个话。如果你不认识那人,那可能是个误会。你告诉我,我马上叫警察。要是你认识他,他就还实诚,那我就把他那些不着边际的废话转告给你!"

那位年轻女士的脸上掠过一抹好奇。

"不着边际的废话?!"她刻意用甜美的声音说,话语间却巧妙地隐藏了几分讽刺,"这倒是一个新颖的说法——我想他一定是个抒情诗人。我……我之前与让你来的那位先生有过交集,所以没必要惊动警方。你可以传达他的那些废话了,声音小点儿,现在天色尚早,公园里得保持安静,免得引起旁人注意。"

"遵命!"男孩耸了耸肩说道,"你懂的,小姐!他不是故意的,是本性使然。他托我告诉你,他已经下定决心,要去旧金山,到克朗代克去打雪鸟。他说你叫他不要再和你交谈,也别给你写信,他把这当作是对他的忠告。他说你把他当作一个过时的裁判,从来没有给过他任何判罚踢球机会。他说你伤了他的心,但具体原因却没提。"

闻听此言，年轻女士的眼神瞬间亮了起来，被勾起了兴趣。或许，是那位要去猎雪鸟的年轻人的聪颖或胆识触动了她，又或许是他绕过了她的直接命令，避开了普通的沟通方式。她目光转向公园里杂树丛中的一座雕像，神情沮丧地站在那里，对传话的男孩说：

　　"请转告那位先生，我不想再向他重复我的梦想了。他知道我的梦想是什么，我不改初衷，现在仍然如此。在这件事上，我需要的是绝对的忠诚和真诚。告诉他，我竭力审视自己的内心，深知其弱点和需求，正因为如此，我才拒绝了他的请求，无论他的请求是什么。我的拒绝并非基于无端的猜疑或零星的线索，因此我也无需凭空指责。但若他执意要听他已经知道的事情，你可以把这件事告诉他。

　　"告诉他，那晚，我是从后面走进温室，去为我母亲剪一朵玫瑰花。告诉他，我看见他和阿什伯顿小姐，站在开着粉红色花朵的夹竹桃下面，画面很美好，他们俩并排站立，楚楚动人，引人注目，无需任何解释。我离开了温室，丢掉了玫瑰，也放弃了我的梦想。请将这些话传达给那位先生。"

"小姐，我有一个字不好意思说。并排——并排——说明白点，好吗？"

"并排——或者你可以理解为接近——或者，如果你愿意的话，也可以这样说，离理想的位置太近了。"

男孩似乎脚底生风，砾石从男孩脚下旋转而出，瞬间已移至另一条长凳旁。那位青年满脸热切，急不可耐地向他询问情况。男孩眼中闪烁着光芒，却保持着沉稳，将对方的话语一一转述。

"那位小姐说，有个男人在这儿瞎编故事，那些女孩子太容易轻信他人了。所以，她对这些谎言充耳不闻，还说你被她当场撞见，在温室与一女子紧紧相拥。她侧身而入摘花时，你正和那个姑娘疯狂搂抱呢，她说场面看起来很可笑。好吧，都过去了，这让她恶心死了。她说你最好快点滚，悄悄溜到火车站去。"

闻言，青年轻轻吹了一声口哨，眼珠快速转动，脑海里突然闪过一个念头。他迅速从大衣口袋里掏出了几封信。

挑选一封，递给男孩，接着从背心口袋里掏出一枚银币。

"把这封信给那位女士，"他说，"请她读一读。告诉她，这封信能解开所有误会。告诉她，如果能在自己的世界里多添一份信任，也许就能避免许多令人心痛之事。告诉她，她所珍视的忠诚始终如一。告诉她我期待着她的回复。"

送信男孩站在了那位女士面前。

"那位先生说，他好像无缘无故被卷入了是非之中。他声称自己并非轻浮之人；而且，小姐，你读了那封信，我敢打赌，这一定是个误会。"

年轻的小姐把信打开，将信将疑地把信读了一遍。

亲爱的阿诺德医生：

上周五晚上，沃尔德伦夫人在温室举行的招待会上，我的女儿突发心脏病，幸亏您及时出手相助。若非你在她跌倒时扶着她，并给予妥善照料，我们可能已失去她。若您能再次前来为她诊治，我将不胜感激。谢谢您！

罗伯特·阿什伯顿

年轻的女士把信折好，递给了男孩。

"那位先生在等回复。"送信人说，"我怎么说呢？"

那位女士的眼睛突然向他扑闪了一下，眼神明亮，笑意盈盈，热泪盈眶。

"告诉那边长凳子上的那个家伙，"她声音中带着颤抖的喜悦，"他的心上人想要他过来！"

仙人掌

关于时间，最值得注意的就是它具有非常纯粹的相对性。众所周知，消沉的人往往会沉溺于回忆往事。新婚庆典刚刚落幕，就有人开始回忆整个求婚过程，许多人都能感同身受。

特雷斯代尔站在单身公寓的桌旁，正在做着此事。桌上，一株奇形怪状的绿色仙人掌插在一个红色的陶罐里，其叶子修长如触手，随风轻轻摇曳，像是向人们挥手致意。

特雷斯代尔的朋友，也是新娘的哥哥，站在餐具柜前，抱怨说没有人陪他喝酒，只好自斟自饮。两人皆身着晚礼服，佩戴的白色胸花结像星星一样，照亮了幽暗的房间。

特雷斯代尔缓缓摘下手套，思绪不禁飘回了几个小时前那令他心如刀割的一幕。教堂四周一簇簇鲜花的芳香似乎还残留在鼻尖；宾客们温文尔雅的细语低谈依旧在耳边回响。他仿佛听到晚礼服来回摩擦的"沙沙"声，牧师拖长腔调的话语一直萦绕耳际，宣布了一个无法挽回的事实：她和另一个人结婚了！

这个事实让他绝望透顶！出于反思的习惯，他仍在努力回想，为什么会失去她？怎么就失去她了呢？他被眼前这不可改变的事实震撼了。突然发现，他面对的是以前从未认真审视过的自己——最真实、最纯粹、最朴素的自己。

他发现，过往的自己竟虚伪自大、自私自利，如今想来，只觉得荒谬至极。在别人的眼里，原来自己灵魂的外衣已经破旧不堪，毫无价值。这念头让他不禁心生寒意。那么虚荣和自负呢？这两点在他身上表现得特别明显，是他自我保护的盔甲。而她，从不曾虚荣，也不自负——可是，为什么——当她缓缓步入教堂的通道，迈向婚姻的殿堂时，他心中竟可耻地涌起一阵阴沉的狂喜。他对自己说，她脸色苍白，不是想到了她即将嫁给的那个男人，而是想到了别人，他一直有这个念头。可是，这种自我安慰很快便烟消云散。因为当他目睹新郎握住她的手时，她眼中流露出的是幸福、宁静和崇敬，他知道自己已被遗忘了。这份目光，他曾熟悉至极，他能准确知晓它的含义。如今却成了击垮他自负的最后一击。为何一切会走到今天这步田地？他们从来没有争吵过，一次也没有——本来一切有望，可是形势怎么突然逆转了呢？在他的脑海里，一遍又一遍地回放着最近几天发生的事情。

她曾视他为偶像，对他顶礼膜拜如同帝王般尊敬。她为他点燃的香烛，清香无比；她如此谦虚（他曾告诉自己），如此天真，如此纯洁，如此真诚（他曾经发过誓）。她奉他为尊上，极尽赞美之词，歌颂他的高贵血统、卓越品质和才华。他理所当然地接受她的赞美，全盘接纳，就像沙漠吸收甘露，却未曾想过回馈以花朵的绽放。

当特雷斯代尔阴郁沉闷地脱掉最后一只手套时，他可笑至极、追悔莫及的狂妄举动，生动地浮现在他的脑海里。那晚，他邀请她至家中，炫耀自己的非凡经历。现在，他痛苦万分，简直不敢回忆当晚的一幕幕场景：她是那么美丽，让人心动不已——头发不经意卷起的波浪，温柔的言语，纯洁无瑕的脸庞。这些已经让他陶醉了，他开始夸夸其谈。在谈话中，她曾说："听卡拉瑟斯上尉说，你会讲一口地道的西班牙语，我怎么不知道呢？你怎么懂得那么多？"

唉，卡拉瑟斯真是个白痴。在俱乐部里，特雷斯代尔曾不知天高地厚地卖弄过一些古老的西班牙谚语，但那些不过是他从字典后面的大杂烩中翻找出来的，毫无疑问，他因此而感到内疚（有时他会如此）。卡拉瑟斯也是他的一位的崇拜者，口无遮拦，正好可以把他那些令人难以置信的博学传得神乎其神。

然而……哎呀！她的崇拜是多么令人身心舒畅，于是他没有否认，听之任之。对于她的溢美之辞，他全盘笑纳，任由她为自己冠上所谓西班牙语学者的桂冠。那时的他，被赞美冲昏了头脑，得意忘形，浑然未觉这背后隐藏的问题，直到后来，这竟成了他一生的遗憾！

当他放下高傲，跪在她的脚边向她求婚时，她是多么欣喜，多么羞涩，多么紧张，手足无措，就像一只掉进罗网的小鸟！无论是那一刻还是现在，他都能确信，她的眼神明示着毋庸置疑的同意。不过，或许出于女孩的矜持，她并未立即给出明确的回答。"明天答复你！"她说。他这位胜利者，满怀信心，扬扬得意，微笑着应允了她延迟回复的请求。

次日，他在房间里焦急地等待回音。直到正午，她的仆人来了，送来了一株栽种在褐红色陶罐里的仙人掌，样式奇特。没有只言片语，只有那株植物上附有一张标签，上面写着一个古怪的外文名字，可能是这株植物的学名。夜幕降临，他依旧未能等来她的答复，而高傲狂妄和受伤的虚荣心阻止了他再去寻求答案。两日后的晚宴上，两人重逢，寒暄间，她眼神中满是紧张、疑问和急切；而他，表现得客客气气、冷漠淡然，一心等待着她来解释。她以女人特有的敏感，感觉他的举止是在给她某种暗示，随即也变得冷若冰霜起来。就这样，两人渐行渐远。他错在何处？又该归咎于谁？现在，他变得谦卑了，受挫的他在自负的废墟中找到了答案。假如……

正当他沉浸在思绪中时，房间内另一人的抱怨声将他拉回了现实。

"嗨，特雷斯代尔，你这是怎么了？一脸愁容，好像是你自己结婚一样。你不过是这桩婚姻的一个同谋，而我是另一个帮凶。你看我，千里迢迢从南美洲乘一艘大蒜味的、满是蟑螂的汽轮赶来，为的是在婚礼仪式上当个帮凶。——你想想，我承受的罪恶感能轻吗？我只有这么一个妹妹，现在她嫁人啦。来吧，喝一杯，减轻一下罪恶感吧。"

"我现在不想喝酒，谢谢！"特雷斯代尔婉拒道。

"这儿的白兰地确实不咋地。"那人走过来，继续说，"什么时候去潘塔雷敦达看我，尝尝老加西亚走私带进来的好东西。保证你不会后悔。喂！这盆栽有点眼熟。特雷斯代尔，你从哪儿弄来的这株仙人掌？"

"朋友送的礼物。"特里斯代尔说，"你对这个物种熟悉吗？"

"非常熟悉。这是一个热带品种。在潘塔雷敦达，每天都能见到好几百株呢。你看，上面还挂着个标签。你懂西班牙语吗，特雷斯代尔？"

"不懂。"特雷斯代尔苦笑着说，"这是西班牙语吗？"

"是的。因为这种仙人掌叶片向外伸展，就像是在向心上人挥手，请求带走。所以当地人给它起了一个西班牙名字——'爱人掌'，翻译成英文，就是'请带我走吧'。"

哈里发、丘比特和时钟

　　瓦勒卢纳封地的迈克尔王子，正坐在公园那张他最爱的长椅上。9月夜的凉风习习，令他心旷神怡，就像喝了一杯珍稀佳酿。公园里，长椅尚有空余，对于那些在公园里闲逛的人来说，几乎要凝固的血液使他们觉察出了早秋的凉意，加快了归家的脚步。月光下，东面与四方广场相接的楼宇轮廓分明，孩子们在水花飞溅的喷泉旁嬉闹玩耍。在阴影笼罩的地方，一些男女正在互诉衷肠，演绎男欢女爱，全然不顾世俗目光。承蒙舞台布景师的恩宠，街角处传来阵阵手风琴声，悠扬而又低沉，如同夜莺的啼鸣，穿透小巷。在小公园漂亮的围栏外，有轨电车像猫一样喵呜而来，高架火车像寻觅领地的老虎和狮子，轰隆隆地呼啸而去。

在一幢旧式公共建筑的塔顶上，有一座发光的时钟，那又大又圆的钟盘在树梢上方熠熠生辉。

迈克尔王子的鞋子破烂不堪，即使是技艺高超的鞋匠也束手无策。他衣服简陋至极，连收破烂者都懒得和他讨价还价。两周以来，他脸上的胡子茬，显出灰色、棕色、红色和浅绿色——就好像是由一部音乐喜剧中所有人的胡子拼凑而成的。

没有一个有钱人会像他一样，戴一顶破烂的帽子。

迈克尔王子坐在他最喜欢的长椅上，微微笑着。说来好笑，如果他愿意，他有足够的钱买下他面前所有近在咫尺、气势宏伟、窗明几净的豪宅。在曼哈顿这座豪华之都，他的黄金、马车、侍从、珠宝、艺术品、房产和田产，足以与任何一个富豪比肩，而这仅仅是他庞大家产的一小部分。他本可以和现任至高无上的君王们同席而坐。社交界、艺术界、当选者垂青于他；他受人敬仰、被人效仿；美人对他顶礼膜拜，高位者授予他至高荣耀，智者对他赞不绝口；恭维、尊敬、信任、快乐、名望——这些人生的甘饴，都在世界这个蜂巢里伺机而动，只要他愿意，瓦勒卢纳封地的迈克尔王子，便能轻易拥有。但是，他却选择身着破衣烂衫坐在公园的长椅上。因为他尝过生命之树的禁果后，满嘴苦涩，于是他暂时离开伊甸园，来到这没有硝烟与喧嚣的尘世一隅寻找消遣。

迈克尔王子扬起那五彩斑斓的胡须残茬，一直微笑着，这些思绪在他的脑海里梦幻般地飘过。他就这样懒洋洋地躺着，穿着看起来像公园里最潦倒的乞丐的破烂衣衫，兴趣盎然地研究起人性来。他发现，利他主义所带来的快乐，远远超过了财富、地位和生活所能给予的。

发挥聪明才智，展示真正的皇家威仪和富丽堂皇，向需要帮助的和值得帮助的人提供帮助，减轻个人的痛苦，使不幸的人出乎意料地获得眼花缭乱的礼物而心花怒放，这些是他最大的安慰和满足。

迈克尔王子凝视着塔里那亮光闪闪的大钟，尽管他时常面带微笑，但这时却带着一丝轻蔑的神情。王子思想开明，每当他想到专制的计时器压制着芸芸众生，仿佛时间控制了世界，便不禁摇摇头。那金属指针无休止地旋转，牵引着人们的脚步，让世人奔波劳碌，忧心忡忡，此情此景，让他心中泛起阵阵酸楚来。

不久，一个身着晚礼服的年轻人步入视野，坐在王子旁边的第三条长凳上。他急躁地抽着雪茄，半个小时后，目光始终未离那闪耀的钟盘，显得异常紧张与不安，其间还夹杂着几分哀愁。王子注意到，他不安的程度似乎与钟表指针缓慢移动的速度有关。

　　王子站起身来，走到年轻人的长凳旁。

　　"请原谅我的冒昧，"他说，"我看得出你心中有所困扰。如果你不介意，我想告诉你，我是迈克尔王子，瓦勒卢纳封地的王位继承人。当然，你可以从我的装扮看出，我是隐姓埋名，乔装出行的。我热衷于向那些我认为值得帮助的人伸出援手。也许，令你不安的事情，经过我们俩的共同努力，能迎刃而解。"

　　年轻人愉快地抬头看着王子。他眼神里透着希冀，可他眉宇间仍紧锁着不解的褶皱。他笑了，即使他笑时，眉头依然紧锁，但可以看出，在短暂的时间里他不会去想烦心事了。

　　"幸会，王子。"他幽默地说，"说真的，我真以为你是微服出巡。好吧，感谢您的好意——不过，我怕这事你也爱莫能助！你知道，这是一件私事——不过还是要谢谢你！"

迈克尔王子随即在年轻人身边坐下。他经常被人拒绝，一般而言，即使别人拒绝，也是非常委婉，从不咄咄逼人。他温文尔雅，言语温和，别人不忍心粗鲁地回绝他。

"时钟，"王子说，"是人类脚上的枷锁。我注意到，你一直在看那只钟。钟盘如同暴君的脸，钟盘上的数字是假的，如同彩票上的数字般不可靠；它的手是一个赌场骗子的手，如果你与时钟这双手订下赌约，终将一败涂地。我真心建议你，摆脱它那耻辱的枷锁，别再让那无情的钟盘来管你的事了！"

"我通常不会看钟楼的钟盘。"年轻人说，"我习惯随身携带手表。当然，我穿着这件亮闪闪的体面衣服时，我不会戴手表。"

"人性于我，如同自然界的花草树木一般熟悉。"王子很郑重其事地说道，"我深谙哲学，热爱艺术，且家财丰厚。几乎没有什么不幸和痛苦是我无法减轻或克服的。我从你的脸上看到了真诚、高贵和忧郁，我真心希望你能接受我的劝告或帮助。请勿仅凭外表衡量我是否能驱散你的阴霾，以此来掩盖我在你脸上看到的智慧。"

年轻人再次瞥向钟盘，眉头紧锁，神色阴沉。移开视线后，他的目光紧紧锁定在对面一排房子中的一座四层红砖房子，那里窗帘紧闭，房间里的灯光透过窗帘发出暗淡的光。

"九点差十分！"年轻人喊着，悻悻地做了一个绝望的手势。他背对着房子，朝相反的方向快速地走了一两步。

"且慢！"迈克尔王子命令道，声音中带着不容忽视的力量，那个焦躁的年轻人闻言转身，略带懊恼地笑了笑。

"我给她十分钟，然后我就走。"他低声说。然后又对王子大声说："我要和你一起把所有的钟都调乱，我的朋友，再扔给女人！"

"坐下。"王子语气平和，"我不同意你无故责怪女人！女人是时钟的天敌，因此，她们是男人的盟友，和我们一样追求自由。她们同样渴望摆脱这些测量愚蠢程度、限制我们快乐的怪物。若你还信任我，请把你的故事告诉我吧！"

那年轻人扑倒在长凳上，放声大笑，毫无顾忌。

"殿下，我会的。"他用假装恭敬的语气说，"看到那边的房子了吗？就是上面三扇窗子都亮着灯的那幢！唉！

六点时，我就在那栋房子里，与和我订婚——应该是——订过婚的那位小姐在一起。我一直调皮捣蛋，放荡不羁，尊贵的王子！我是个浪荡公子，她也有所耳闻。我渴望得到她的谅解——我们总是希望女人谅解我们，是不是，王子？

"'我需要时间冷静思考，'她说，'有一件事是肯定的，要么我彻底原谅你，要么我们从此陌路，没有折中办法。八点半，'她说，'准时八点半的时候，你务必盯着顶楼的中间上面的窗户。如果我决定原谅你，就会挂出一条白色丝巾。见到丝巾，就意味着我们一切照旧，你就可以到我这里来。若是没有，那就意味着一切结束了。'

"所以，"年轻人痛苦地总结道，"这就是为什么我一直看那时钟的原因，现在距离约定的信号时间，已经过了二十三分钟了。我的邋遢王子，你还纳闷我为何焦虑不安吗？"

"容我再强调一次。"迈克尔王子用他那平和、抑扬的声调说，"女人是时间的天敌！时钟是祸害，女人是福星。信号可能还会出现！"

"绝无可能了，我的陛下！"年轻人绝望地喊道，"你不了解玛丽安——自然是不了解。她总是非常准时，能精确到一分钟，这是我最欣赏她的地方。现在，我收到的不是白色丝巾的回应，而是明确的拒绝。八点三十一分那一刻，我就应该知道希望破灭了！今晚十一点四十五分，我将和杰克·米尔本一起，去遥远的西部闯荡。现在，一切都尘埃落定，我要去杰克的农场，静一静，平复一下心情，来几杯威士忌，再跳进克朗代克河洗个澡。晚安吧！啊！啊！王子！"

迈克尔王子露出他那充满深意、温文尔雅、善解人意的微笑，抓住那个人的衣袖，王子明亮的眼神变得柔和、迷离而朦胧。

"稍等片刻。"他严肃地说，"等钟敲响再走吧！如今我虽坐拥财富、能力、才华，但时钟一敲，这一切或许就会有所不同！钟敲响之前留在我身边吧。瓦勒卢纳世袭王子向你保证，这个女人终将属于你！你结婚那天，我将赠送你十万美元和哈德孙河上的一座宫殿。但是，那座宫殿里一定不要挂时钟，它们只会丈量我们的愚蠢，限制我们的快乐。你同意吗？"

"当然，"年轻人高兴地说，"说实话，那些时钟确实讨人厌——不停地'嘀嗒'作响，时不时还'当当'报时，让人连吃饭都担心会迟到。"

他又瞥了一眼塔里的钟。时针指向九点差三分。

"我想，"迈克尔王子说，"我要小憩片刻，这一天真是太累了！"

他四肢摊开躺在一张长椅上，动作娴熟自然，显然对此习以为常。

"天气好的晚上，你可以在这个公园里找到我。"王子昏昏欲睡地说，"婚期定下后来这里找我，我会给你一张十万美金的支票。"

"谢谢，王子殿下！"年轻人恭敬地说，"我并不一定需要哈德孙河旁的宫殿，但您的慷慨相助，我感激不尽！"

迈克尔王子沉沉睡去。他那磨损不堪的帽子滚下长椅，落在了地上。年轻人捡起来，把帽子盖在王子脏兮兮的脸上，又把王子一只异常放松地摊着的胳膊挪了挪，让他更舒服些。"可怜的家伙！"他边说边把王子破烂的衣服往胸前拉了拉。

九点整，钟楼上传来了震耳欲聋的钟声。年轻人又叹了口气，转过脸最后一次望向那幢他已不抱希望的房子。

突然，他狂喜地大喊大叫起来。

夜色朦胧中，顶楼中间的窗外，悬挂着洁白的丝巾，如同绽放着一朵神圣雪白的花，它飞舞飘扬着，美极了，传递着谅解和允诺的信息。

此时，一位体态丰满的路人走过来，轻松自在，匆匆往家赶。他全然未察觉到，在这灯光昏暗的公园边上，飘扬的白色丝巾给年轻人带来了极大的喜悦。

"先生，请问几点了？"年轻人问道。路人警觉地看了他一眼，确定手表还在自己身上，然后掏出来看了看，说道："八点二十九分三十秒，先生。"

随后，出于习惯，那位市民抬头望向钟楼上的时钟，又说了一句：

"天啊！那座时钟快了半个小时！十年了，我第一次发现它不准。我的表可从来没有差过——"

话未说完，他转身发现，刚才问时间的年轻人早已化作一道黑影，迅速向上面三个窗口亮着灯的房子飞奔而去。

次日清晨，两个警察开始了他们的日常巡逻。公园里空无一人，只有一个衣衫褴褛的身影四仰八叉地躺在长凳上，睡着了。他们停下来，注视着这个可怜的身影。

"是那个吸毒上瘾的蠢货迈克！"其中一个警察说道，"每天晚上都在这里吸鸦片，已经流浪了二十年，看样子这次是撑不住了。"

　　另一个警察弯下腰来，注意到那个熟睡的家伙手里捏着一个皱巴巴的东西。

　　"天啊！"他说，"你瞧，他还弄到了一张五十美元的钞票，可惜我们无从知晓他吸的是哪种鸦片。"

　　之后，"嘭，嘭，嘭！"警察冰冷的警棍敲在了瓦勒卢纳封地世袭王子迈克尔的鞋底上。

活期贷款

在那个年代，牧场主就是救世主。他们是草原的君主，牛群的国王，牧场的领主，牛肉和骨头的贵族。只要愿意，他们能够乘坐镀金的马车。每天，金钱如江河之水，滚滚而来，堆积成山，多到令人咋舌。然而，除了用钱去购置一块表壳镶着宝石、大得刺痛肋骨的表，或是买一具镶着银钉和安哥拉皮披肩的加利福尼亚马鞍，以及在酒吧里请人畅饮威士忌外，他们似乎难以找到其他花钱的地方呢。

但是，那些有家室的牧场主，开支范围就会大很多，不受局限。在还没有发家致富时，他们的妻子可能不会大手大脚。有钱了以后，春心荡漾的她们花钱的地方可多着呢！兄弟们，女人花钱的本事永远不会消失！

273

于是，朗·比尔·朗利在妻子的怂恿下，离开原来的牧场，踏入城市品尝成功的喜悦。他原来大约挣了五十万美元，收入还在稳步增加。

朗·比尔是在营地和草原上磨炼出来的。他运气不错，勤俭持家，头脑冷静，特立独行，眼光犀利，迅速从一个牧童成长为牧场主。随着牛群迅速扩大，幸运女神小心翼翼地从仙人掌丛中穿过，将财富之泉倾泻于他的牧场之上，让朗·比尔赚了个盆满钵满。

在边境小城查帕罗萨，朗利建造了一座豪华的府邸却也意外地陷入了社交的旋涡之中，成了当地社交圈的领头人物。就像畜栏里的野马一样，虽然起初有所挣扎，但最终还是收起了他的马鞭和马刺，安于现状了。为了打发无聊的时光，他创办了查帕罗萨第一家国家银行，并被选为总经理。

某日，一位面容严肃、戴着犹如放大镜片厚眼镜的人来到第一国民银行柜台前，递上一张派头十足的名片。五分钟后，银行人员便在这位银行稽查官的指示下忙碌起来。

这位稽查官，埃德加·托德先生，非常认真负责。

账目核查结束以后，稽查官戴上帽子，把总经理朗利先生请进了小办公室。

"那么，情况如何？"朗利用他那缓慢而深沉的声调问道，"有没有哪个银行账目有问题啊？"

"银行检查结果一切正常，朗利先生。"托德说，"我发现你们的贷款状况很好——只有一笔例外。有一笔借款非常糟糕——具体糟糕到什么地步，我想你肯定不知道它的严重后果，我指的是给汤姆·默文一万美元那笔活期贷款。这笔贷款已经超过银行合法贷款给个人的最高限额，且既无抵押也无担保。因此，你们银行双重违反了国家银行法，将面临政府的刑事检控。我确信，一旦我将此事上报给货币监理署，我不得不这样做，此事将会移交司法部处理。那时，你将深刻体会到这一问题的严重性！"

比尔·朗利缓缓地将他高大的身躯向后倾斜，靠在转椅上。他双手扣在脑后，微微转过身来，直视着稽查官的脸。稽查官未曾料到，这位银行总经理饱经风霜的嘴角上扬，微微一笑，那双浅蓝色的眼睛里满是和善友好。如果银行总经理知道这件事情的严重性，他也许就不会这么轻松了。

"当然，你不了解汤姆·默文。"朗利和颜悦色地说，

"那笔贷款，我确实清楚。它唯一的凭证就是汤姆·默文的话，没有纸质担保。不知何故，我总是相信，一个男人言而有信，那就是最坚实的保障。哦，当然，我知道政府可能不会这么想，我得去找汤姆谈谈那张贷款单据的事。"

托德先生的脾气似乎越来越坏了。透过厚重的镜片，他惊奇地望着查帕罗萨国家银行总经理。

"你看，"朗利轻描淡写地解释道，"汤姆得知格朗德河岩石津那里有两千头两岁的小牛急于出售，每头最低八美元。我猜想那大概是老莱恩德罗·加尔西亚私运进来的牛群，急于脱手。那群牛运到堪萨斯城，可以卖十五美元一头，汤姆和我心里都有数。他有六千美元现金，还差一万美元，我就借给了他一万美元。三周前，他弟弟埃德把牛卖了。这几天应该就能带着一大笔货款回来。一旦回来，汤姆会立刻还清借款。"

稽查官听后大为震惊。也许，他应该去电报局，把情况报告给审计长，但是他没有那么做。他和朗利谈了三分钟，对话直击要害，成效显著。他终于使那位银行总经理意识到，一场危机正悄然逼近。当然，他也提供了一个逃避风险的办法。

"今天晚上我要到希尔代尔去。"他对朗利说，"到那儿的一家银行去看看。我回去的时候要经过查帕罗萨，明天十二点我将再次到银行来。到那时，如果这笔贷款已经还清了，我的报告就不会提及此事。否则，我就得履行职责。"

说完，稽查官鞠了一躬，离开了。

第一家国家银行总经理在椅子上又躺了半个多小时，随后点了一支淡味的雪茄，前往汤姆·默文的家中。默文是一个牧场主，穿着棕色鸭绒衣服，眼神深沉，正坐在那里，两只脚翘在桌子上，编着一条牛皮辫式短柄马鞭。

"汤姆，"朗利倚着桌子说，"你有埃德的消息了吗？"

"还没有。"默文继续编着马鞭，说道，"我想埃德很快就该回来了。"

"今天，有个银行稽查官，"朗利说，"在我们这儿检查票据，他看见你的那张贷款票据，吓了一跳。我个人并不觉得这有什么问题，但确实违反了银行法。我本来非常肯定，你绝对能在银行重新审查之前把钱还清的。可是，汤姆，那个混蛋稽查官偷偷地溜进来了，我之前完全不知情。我手头也没有现金，要不你用货款补上。明天中午十二点之前，我得用现钞付清那张贷款票据，不然……"

"不然会怎样，比尔？"朗利正欲言又止时，默文问道。

"嗯，我想这事儿恐怕会闹得沸沸扬扬，不可收拾。"

"我会尽量按时筹到钱的。"默文说，继续编他的皮马鞭。

"好吧，汤姆。

"我就知道你会的，如果可能的话。"

默文扔下鞭子，去了镇上唯一的另一家银行，一家由库珀和克雷格经营的私人银行。

"库珀，"他对那个叫库珀的合伙人说，"我今天或明天急需筹到一万美元。我那里有一栋房子和一大片地皮，价值六千美元，我的实际抵押品就这么多。可是，如果我做成了一笔牛生意，几天之内就能赚好多钱。"

库珀开始不停地咳嗽。

"嗨，看在上帝的分上，别拒绝我。"默文说，"我欠了一笔一万美元的活期贷款。债主的名字叫……唉，那个人，和我在牛营和牧场里同一条毯子上睡了十年。当初我有什么他都能拿走。为了他我可以两肋插刀。他现在有难，急需要钱，我得帮他弄到一万美元。库珀，你知道我从不说谎。"

"我从未质疑过你的话。"库珀礼貌地回应，"但你知道，我有个搭档。我不能随便贷款。即使你有最好的担保品，默文，一周内，我们给你也安排不了。我们刚刚放出一万五千美元款项，委托罗克德尔的迈尔兄弟公司收购棉花，这笔钱今天晚上就由窄轨列车运走。所以，我们现在现金短缺。非常抱歉，帮不了你！"

默文回到家，继续编起了辫式短柄马鞭。下午四点钟左右，他来到第一国民银行，靠在朗利办公桌的隔离架上。

"今天晚上，我设法给你弄到那笔钱——我是说明天交给你，比尔。"

"好吧，汤姆。"

那晚九点钟，汤姆·默文小心翼翼地离开他所住的小木屋。他家离小镇不远，此时四周几乎无人。默文系着腰带，别着两把六发子弹的手枪，头戴一顶垂边软帽，沿着一条僻静的街道匆匆前行，来到与窄轨铁路平行的沙土路。随后，他沿路走到镇下两英里的水箱边。在那里，汤姆·默文停了下来，用一块黑色的丝绸手绢包着脸，压低

279

帽檐。

十分钟后，从查帕罗萨驶来的前往罗克德尔的夜班火车停靠在水箱边。

默文双手各拿一支枪，从一丛灌木丛后站起，向火车发动机方向走去。不料还未迈出三步，便被两只有力的长臂从背后紧紧抱住，然后被扔在草地上。一个沉重的膝盖抵在他背上，双手被牢牢制住，动弹不得，他像个孩子一样被制服了。

待火车发动机加完水，启动加速离去，然后他被松开了，站起身来，一看是比尔·朗利。

"汤姆，你这么做是绝对行不通的！"朗利说，"傍晚时，我见到了库珀，他透露了你俩的谈话内容。晚上我到你家，见你带着枪出门，就一直跟着你。我们回去吧，汤姆。"

两人并肩踏上了归途。

"这是我唯一的机会！"默文立马说，"你要收回贷款，我就必须竭尽全力还钱。现在，比尔，如果他们为难你，你该怎么办啊？"

"如果他们为难你，你会怎么做？"朗利反问道。

"我从没有想过自己会躲在灌木丛里，打算拦截火车。"默文说，"但是要还活期贷款，实在是别无他法。你随时打电话给我，我们还有十二个小时，比尔，在这个稽查官再来银行之前，我们必须筹到钱。也许我们可以——伟大的山姆·休斯敦啊，你听见了吗？"

突然，默文跑了起来，朗利紧随其后，这时，一声悦耳的口哨声从不远处传来，带着"牛仔的悲哀"的凄凉气氛。

"这是他唯一会吹的曲调。"默文边跑边喊，"我敢肯定是他！"

他们来到默文家门口，默文把门踢开，冲了进去，不料被地板中央的一只旧提箱绊了个趔趄。一个皮肤晒得黝黑、下巴紧绷、风尘仆仆的年轻人躺在床上，抽着一支棕色的香烟。

"怎么样，埃德？"默文气喘吁吁地问。

"还行。"那个能干的年轻人慢悠悠地说，"刚乘了九点三十分那班火车回来，我把那批牛卖掉了，每头十五美元，分文不少。嗨，兄弟！别碰那只手提箱，里面可装着两万九千美元现金呢！"

驯服的号召

当就职典礼结束时——由于游骑兵的出现，整个过程变得很顺利——众所周知，一群干练且忠诚的退伍军人曾造访过这座大城市。记者们为了融入人群，纷纷从箱子里掏出他们在北滩炸鱼时穿戴的游泳裤、旧宽边帽和皮带。每个记者除了在故事中使用奇妙的复数"童子军"外，对故事的报道并没有造成任何损害和影响。来自西部地区的人不经意地打量着三层楼高的摩天大楼，在百老汇门前打着呵欠，弓着背坐在旅馆走廊里的大椅上，看上去就像在一场军事演习中，一名资深荣耀的炮兵队员与他的副手被打散了一样，透露出几分落寞与沮丧。

由"泰迪王"皇家猎熊犬训练队组成的观光代表团，

落下了一个人，名叫格林布赖尔·奈依，来自亚利桑那州。

那天，正值交通高峰，第六大道刮起的魅力风暴将他与朋友们冲散。美女身上的裙子沙沙作响，尘土飞扬中他几乎睁不开眼；火车轰鸣而过，震耳欲聋；四周灯火辉煌，光芒耀眼，模糊了他的视线。

面对这突如其来的魅力风暴，格林布赖尔的第一反应就是躺下来，找个抓手，以防自己被卷走。而后，他突然意识到，这个风暴是人为的，不是自然界的暴风雨。他咧着嘴，笑了笑，退了出去，走到门口。

记者们写道，因为戴着宽边帽，北方的牛仔看不清来自西部地区的人。幸亏上天擦亮了他们的眼睛，还是看得真真切切！一套黑色的斜纹套装，不可能起皱的地方偏偏有了皱褶；宝蓝色的活结领带，出厂时就已经打好结；衣服样式是西摩和布莱尔时代流行的低翻领，就像贴在昼夜营业的餐厅（周日除外）窗户上洁白光滑的字母；马鞍握把向外弯曲，一直延伸至膝盖，右手指紧紧地抓住马的套索；皮肤因长期暴露在强烈紫外线下而显得黝黑，这是新泽西州南部海滩五月岬最炽热的阳光也无法比拟的；碧蓝的眼眸深邃而明亮，不经意间便能把熙熙攘攘的人群分成了四类人，犹如畜栏里的牲畜一般；表情严肃，透露出一种落单的孤独，就像一个孤独的帝王，或者初来乍到，尚未熟悉情形的帝王——这些西部人的特征，在格林布赖尔·奈依身上体现得十分明显。哦，对，他戴着一顶宽边帽，温文尔雅，穿得像星期天下午去布朗克斯公园逛逛的麦迪逊广场邮局的邮递员一样。

格林布赖尔·奈依突然冲进人群，抓住一个人，将其拉出，一拳打在他的胸部，对方踉踉跄跄地后退到墙边。

被打的那个人捡起帽子，怒气冲冲。面对这番羞辱，他本打算摆出一副纽约客的表情给信访局写信投诉。但是，他看了看攻击他的人，知道不过是西部人表达爱和情感的方式，他们常常用粗暴、喧嚣和重拳向朋友打招呼，对敌人反而讲究礼数，遵循规则，正面交锋。

"我的天啊！"格林布赖尔喊道，紧紧抓住对方的大腿，"这是朗恩·梅里特吗？"

那个人就像是每天在百老汇的模特儿，商人装扮，头戴最新潮的卷边德比帽，发型由顶尖理发师精心打理，做着大生意，吃着精致的美食，穿着裁缝量身定制的最合体的衣服。

"格林布赖尔·奈依！"他叫着，抓住了打他的那只手，"老朋友！见到你真高兴！你怎么会在这儿？——哦，对了——参加就职典礼的——我记得你加入了游骑兵。当然，你一定是来和我共进午餐的吧！"

格林布赖尔把他按在墙上，表情悲伤而坚定，拳头紧握，其大小、形状和颜色宛如一只麦克莱伦马鞍。

"朗恩，"他用一种忧郁的声音说，这种声音让人不寒而栗，"他们到底对你做了什么？你现在完全变成了个城里人，彻头彻尾的。在吉拉时，你可从不会像约翰尼·布兰奇那样文绉绉的，说'来和我共进午餐吧！'在那个年代，你从来没有用这样可耻的语句说过伙食。"

"我在纽约已经住了七年了。"梅里特说，"我们穿着加西亚老头的装备一起放牛，那已经是八年前的往事了。好吧，我们还是去餐馆吧。听起来不错，'伙食'这个词儿又回来了。"

他们穿过人群，来到一家旅馆，继续闲逛，找到了一家酒吧。

"直说，想喝点什么？"格林布赖尔问道。

"一杯干马提尼。"梅里特说。

"哦，上帝！"格林布赖尔喊道，"咱俩曾住在卡农·迪亚波罗的一家酒店里，一起看着吉拉怪物爬上墙壁，我们知根知底！一杯干马提尼？算了吧！来一杯威士忌不加冰——那才适合你。"

梅里特笑了笑，付了钱。

他们在与酒吧相连的小餐厅里吃午饭，梅里特巧妙地把他朋友选的火腿和鸡蛋换成了芹菜泥、三文鱼片、松鸡派和一份可口的沙拉。

"就在那日，"格林布赖尔愤慨地提高音量说道，"我遇到了一位八年未见的朋友，吃饭前我们喝了一杯。在一周的第三天，凌晨一点，我们坐在小镇上一家人均消费三十美分的餐馆里，围着一张长桌。我要九匹野马在六百四十英亩的土地上踢我四十次，他们能统计出来吗？"

"好吧，老伙计！"梅里特笑道，"服务员，来一杯苦艾酒，希腊冰咖啡——你呢，格林布赖尔？""纯威士忌。"奈依悲哀地说，"你以前喝过的那种，朗……那时你骑着一匹飞奔的小马，直接从瓶里倒出来的……亚利桑那的那种酒，不是这个……哦，这是什么？这是你喜欢的。"

梅里特悄悄地把酒牌放到杯子下面。

"好吧。或许你认为，这个城市已让我大变样。格林布赖尔，我跟你一样，是个不折不扣的西部人。但是，无论如何，我再也不想回到那里了。纽约的生活，安逸且舒适。我过得很好，真的很好。不再湿漉漉的毯子，无需在暴风雪中驱赶牧群，不再只有熏肉果腹，冷咖啡解渴，半年一次的盛宴也已成过往。我想，我会继续留在这里。今晚我们去看戏，格林布赖尔，然后我们在——"

"听我说，你变成了怎样的人！"格林布赖尔说着，一只胳膊肘放在沙拉里，另一只则按进了黄油里，"你就像一个女人，一门心思，衰败颓废，极端绝对，假装斯文，还爱嚼舌根。本来，上帝赋予你直率、骑术与不羁，你却将它们抛诸脑后，搬到纽约去，穿上系着细绳的小鞋，说话还挤眉弄眼。我记得，你的鞋码是 42.5 码。现在，若见着同样尺码的人，你恐怕都要报给警察了。你喝的这些饮料，里面都添加了驴蹄草香精、橡子，还有复方樟脑酊，这些东西根本就不符合你一个男人的身份，我真是看不得你这样。"

"好吧，格林布赖尔先生！"梅里特略带歉意地说，"你说得有一定道理。有时，我也觉得自己是在酒精的熏陶下长大的。但是，我告诉你，纽约很舒服，非常舒服。这里的景致，这里的人，这里日新月异的变化，牢牢地拴住了纽约的每一个人，深深地吸引着他们，我也说不清究竟为何。"

"上帝清楚！"格林布赖尔悲伤地说，"我也明白。东部地区把你吞没了，你从狂野不羁变得温和怯懦。你让我想起了窗外的一朵日本山茶花。你已经被贴好标签，签好名，封好章。凭此标记，汝当平安。这一番话，说得我口干舌燥啊！"

"来一杯查特绿香甜酒。"梅里特对侍者说。

"一杯威士忌不加冰。"格林布赖尔叹了口气，"他们已经改变了你，真是忘本了！"

"我有罪，请原谅我。"梅里特说，"你不知道这是怎么回事，格林布赖尔。这里太舒服了，以至于——"

"麻烦把嗅盐递给我。"格林布赖尔恳求道，"不是我亲眼所见，你在凤凰城用空枪，吓退从马萨扎尔城来的三个劫匪……"

格林布赖尔的声音渐渐低沉，满是哀伤。"雪茄！"他厉声叫侍者，试图掩盖自己的情绪。

"给我的一包土耳其香烟。"梅里特说。"它才合你的口味！"格林布赖尔说道，声音拖得很长，竭力掩饰自己的不屑。

七点钟，两人在"这里好"餐厅吃饭。那晚，餐厅内汇聚了众多名流雅士。酒吧的灯光璀璨，将女人们映照得更加美丽动人，男人们则更显风度翩翩，乐队演奏的旋律悠扬动听。服务员把用餐者的小费送给演奏者，使得他们的演奏更加激情四溢，声音更加洪亮。你喝的啤酒越多，时间越长，乐队演奏的梅耶贝尔曲目就越多。

这就是互惠互利。

梅里特在晚宴上很卖力，他对格林布赖尔这位老朋友充满了喜爱。他劝格林布赖尔喝一杯鸡尾酒。

"念在往日的交情上，"格林布赖尔说，"我喝杯苦薄荷茶，纯威士忌才是我的最爱。鸡尾酒更适合你！"

"没错！"梅里特说，"现在咱们来看看菜单，挑些合你口味的。"

"我真是如坐针毡啊！"格林布赖尔瞪大眼睛感叹道。"这些菜，感觉就像是装在食品车里的食品标本！这是什么？是慢性肺气肿马的肉吗？我可不要这个。不过看看这

289

一卡车的牲畜，来自不同地方，又被派往其他各地。有没有问题，等着瞧吧！"

点好餐后，梅里特翻看着酒单。

"这个梅多克红葡萄酒还不错。"他建议道。

"难道你是医生吗？"格林布赖尔说，"我宁愿喝纯威士忌。梅多克红葡萄酒适合你。"

格林布赖尔环顾四周，只见服务员穿梭其间，端来食物，收走空盘。他注意到，在这家纽约餐馆里，一群人在尽情地享用美食。"你离开吉拉后，牧场经营得如何？"梅里特问。

"一切都好！"格林布赖尔说，"你看那张桌子上，那位穿红点丝绸衣服的女士。嗯，她可以在我的营火旁烤豆子取暖。我的牧场还算不错啦！那女人，就像我在黑河上见过的一匹白色野马，漂亮可爱！"

咖啡端上来时，格林布赖尔把一只脚搁在了身旁的空椅上。

"朗恩，你说这是一个舒适的小镇！"他若有所思地说，"没错，这小镇确实舒适，与北部那片辽阔无垠、蓝天如洗的平原截然不同。你管那个有把手的瓦罐里的东西叫什么来着？哦，是的，掷骰盒，很有意思。刚刚那匹白色野马就是这样转过头来掷骰盒的——瞧瞧，朗恩。要是我能以我心目中的公道价格卖掉我的牧场，我相信我会——"

"哎呀！"他突然尖叫起来，声音之大让周围的顾客都愣住了，手中的刀叉停滞在空中。

服务员快步走过去。"再来两杯鸡尾酒。"格林布赖尔对服务员说。

梅里特看着他，嘴角勾起一抹意味深长的笑容。

"我也对鸡尾酒情有独钟呢！"格林布赖尔说道，朝着天花板上吐出一股烟圈儿。